달
의

방

달의 방

희양선 소설집

차례

일시 정지

*

    다연은 교실 청소를 마치고 쓰레기장으로 향하고 있었다. 그곳으로 가려면 학교 숲을 거쳐야 했다. 그 길이 좀 더 빠르기도 했고 나무가 많아서 숨기에도 좋았다.

    쓰레기봉투를 앞뒤로 흔들며 학교 숲 안으로 들어섰다. 벤치에 앉아 있던 한 아이가 눈에 들어왔다. 해리였다. 해리는 초등학교 때부터 육상을 했다. 해리의 집에 메달과 트로피, 상장이 가득하다는 것을 다연도 알고 있었다.

    몸에 붙는 트레이닝복을 입은 해리는 관절 인형 같았다. 짧은 머리카락에 키가 크고 팔다리는 길고 가늘었다. 태양 아래서 달려서인지 피부가 그을렸고 아무리 먹어도 살이 찔 것 같지 않은 체형이었다. 다연은 해리의 모든 게 자신과 반대라고 생각했다. 다연은 키가 작고 통통했으며 머리카락은 길고 피부는 하얀 편이었다.

다연은 수업 중 가끔가다 창문으로 운동장을 내려다볼 때가 있었다. 대회를 앞둔 육상부는 수업 시간에도 달리기를 했고 그곳에는 해리도 있었다. 해리는 아침에 등교하면서도 운동장을 달려 교실 안으로 들어왔다. 다연은 지금 이 순간, 가만히 있는 해리가 낯설게 느껴졌다.

"정다연."

해리가 다연의 이름을 부르자 다연은 멈춰 서서 해리를 보았다. 얼굴이 홧홧해지고 가슴이 두근거렸다.

"부탁이 있는데."

다연은 놀란 듯 눈을 커다랗게 떴다. 누군가 자신에게 도움을 청한 것이 너무나 오랜만이었다.

"괜찮은 영어, 수학 인강이랑 문제집 좀 추천해 줄 수 있어?"

"나한테 왜……."

"애들이 그러더라. 넌 학원 안 다니고 인강으로만 공부한다고."

"그렇긴 하지만 성적이 좋은 편은 아니야."

"상관없어."

다연은 묻고 싶었다. 육상부 때문에 수업을 빠져서 인강으로 보충을 하려는 것이냐고. 목울대까지 올라온 말들을 깊게 내리눌렀다. 누군가와 함께 있는 이 순간을 놓치고 싶지 않았기 때문이다.

"그래, 알려 줄게."

"지금 괜찮아?"

다연은 고개를 끄덕였다.

"여기서 기다려. 가방 갖고 올게."

해리는 긴 다리로 성큼성큼 걸어 학교 숲을 빠져나갔다. 다연은 해리의 뒷모습에서 눈을 떼지 못했다. 아직도 가슴이 두근거렸다. 해리가 보이지 않게 되자 다연도 쓰레기장으로 향했다.

*

다연은 손가락으로 턱을 지그시 누르며 서가 한 칸에 빽빽하게 자리 잡은 영어 문제집을 살펴보았다. 해리는 다연 뒤를 쫓아다니며 다연의 표정에서 눈을 떼지 않았다. 좁아진 미간에서 신중함이 느껴졌고 그런 다연의 표정이 귀여워 보였다.

"이거 어때? 기본 먼저 하고 그 위 단계로 올라가면 좋을 것 같은데. 구글에서 'k구청 인강' 검색하면 강의 들을 수 있어."

"너도 이거 한 거야?"

다연은 고개를 끄덕였다.

"그래. 가자."

"수학은?"

"영어 먼저 해 보고."

해리는 책값을 계산했다.

해리와 다연은 서점 밖으로 나왔다. 해리는 길 건너편에 있는 분식집을 힐끔 보고는 다연에게 말을 걸었다.

"떡볶이 먹을래? 내가 살게."

다연은 고민하듯 아랫입술을 지그시 깨물었다.

"걱정 마. 시간 많이 안 뺏어."

다연은 자신의 머뭇거림이 해리에게 오해를 불러일으켰다는 걸 깨달았다. 변명조차 할 수 없는 상황에 "그래, 먹자."라고 말해 버렸다.

다연과 해리는 떡볶이, 순대, 튀김을 각각 1인분씩 시킨 뒤 어묵 국물을 가운데 두고 마주 앉았다. 주인아주머니가 음식을 갖다 놓자 다연의 입 안에 침이 돌았다. 얼른 먹자는 해리의 말에 둘은 동시에 포크로 떡볶이를 집었다. 칼칼하면서 맵고 단, 빨간 맛은 식욕을 자극했다. 다연은 떡볶이, 순대, 튀김, 어묵 국물을 차례로 먹었다. 그때였다. 갑자기 얼굴이 화끈해지고 가슴이 두근거리더니 귓속까지 먹먹해졌다. 다연은 얼른 포크를 내려놓았다. 그리고 문밖으로 시선을 돌렸다. 하나, 둘, 셋……. 다연은 속으로 숫자를 세었다.

해리는 떡볶이를 씹으며 다연을 바라보았다. 다연은 아무

말 없이 문밖을 보고 있었다. 해리도 고개를 돌렸다. 지나가는 사람들이 있었지만 다연의 초점은 그 어디에도 닿아 있지 않았다.

해리는 가만한 눈으로 다연을 주시했다. 이마와 눈썹을 반쯤 덮은 머리카락, 말려 올라간 속눈썹과 관자놀이에 있는 검은 점. 아주 느리게 시간이 지나고 있었다. 세상에 다연과 자신, 오직 둘뿐인 것처럼.

"아, 미안."

다연은 해리와 눈이 마주치자 겸연쩍은 미소를 지었다.

해리는 깔깔깔 소리 내 웃었다. 다연이 눈을 크게 뜨고 해리를 보았다.

"너 멍 때리기 대회 같은 데 나가 봐라. 1등도 거뜬히 하겠다."

"그런 대회도 있어?"

"있더라. 언젠가 인터넷에서 봤어."

해리는 순대를 입 안에 넣었다. 다연은 휴대폰을 살피는 척하면서 시간을 확인했다. 다연이 의식하지 못하고 지나간 시간은 겨우 1분 남짓이었다. 그사이 무슨 일이 있었을까. 다연은 열다섯 살 이후부터 때때로 시간이 멈추는 듯한 일을 겪었다. 싹둑 잘려 나간 듯이 지나가 버린 짧은 시간 동안의 일은 기억나지 않았다.

다연은 아이들과 대화를 하다가 흐름을 놓쳐 엉뚱한 이야기를 하기도 했다. 못 알아들었으니 다시 얘기를 해 달라고 하면 아이들은 다연이 성의가 없다고 핀잔을 주었다. 선생님들 사이에서는 수업 시간에 혼자 멍하니 앉아 있고 집중을 못 하는 아이라 인식되어 있었다. 특히 곤란할 때는 체육 시간처럼 몸을 많이 움직일 때였다. 다들 달리고 있는데 다연은 멈춰 서 있거나, 공을 던져야 하는 순간에도 가만히 서 있었다. 때론 날아오는 공을 피하지 않고 맞고 서 있었다. 인강을 들으며 집에서 혼자 공부하는 이유도, 체육 시간에 교실에 있거나 보건실을 찾는 까닭도 그 때문이었다. 다연은 무엇인가로부터 뒤처지고 무엇인가로부터 멀어지고 있다고 생각했다. 다연은 그런 자신을 아무렇지 않게 대하는 해리가 궁금했다. 결코 모르지 않을 텐데. 일부러 그러는 것일까. 어쨌든 다연은 기분이 좋아졌다. 아주 오랜만에.

다연과 해리는 약속이라도 한 듯 남은 음식을 번갈아 포크로 찍어 먹었다. 어느새 접시는 깨끗해졌다.

"갈까?"

해리의 말에 다연은 고개를 끄덕였다. 둘은 밖으로 나왔고 짧은 인사를 한 뒤 헤어졌다.

집으로 돌아온 다연은 휴대폰을 켜고 인강을 들었다. 다연은 화면을 일시 정지시켰다. 선생님의 눈이 반은 떠 있고 반은 감겨 있었다. 입술이 비뚤어진 채.

다연은 해리가 궁금했다. 강의를 잘 찾아 듣고 있는지. 하지만 물어볼 방법이 없었다. 해리 전화번호는 다연의 휴대폰에 저장되어 있지 않았다.

다연은 1학년 2반 단톡방을 살펴보았다. 이곳에 해리가 있었다. 해리가 남긴 톡은 없었지만 1이 모두 지워져 있었다. 그건 해리도 오고 가는 대화를 모두 읽고 있다는 뜻이다.

다연은 해리의 프로필 사진을 눌렀다. 친구 추가 화면이 떴고 해리를 친구로 추가했다. 배경 화면은 깨끗했다. 상태 메시지도 음악도 없었다. 해리의 프로필 사진을 확대했다. 초점이 흐리고 형태가 일그러진 해리가 달리고 있었다.

다연은 '공부 잘되고 있니?'라고 써 놓고 휴대폰 화면을 한참 동안 들여다보았다. 바로 지우고 '인강은 들을 만하니?'라고 글자를 수정했다. 다연은 문득 그때의 기억이 떠올랐다. 앞서 나가는 관계의 끝에 대해서. 잠시 고심하던 다연은 모두 지우고 휴대폰을 옆으로 치워 버렸다.

*

다음 날, 다연은 교실 자리에 앉아 운동장을 내려다보았다. 육상부 아이들 일곱 명이 자줏빛 트랙을 달리고 있었다. 해리는 세 번째로 앞서고 있었다. 반 바퀴 남았을 때 두 번째로, 마지막 지점에서는 첫 번째로 들어왔다.

수업 시작 직전 드르륵, 뒷문이 열렸다. 아이들의 신경이 교실 뒤로 향했다. 다연은 고개를 돌렸다. 해리는 미안한 듯 몸을 수그리며 자리에 앉았다. 다연은 수업 시간의 해리가 궁금했다. 선생님 말에 집중하고 있을까. 아니면 딴생각을 하고 있을까. 해리에 대한 관심은 점점 깊어져 갔다. 집으로 돌아와서도 마찬가지였다. 다연은 용기를 내 보기로 했다.

— 인강은 잘 듣고 있니?

톡을 보내 놓고 인터넷 강의를 이어 듣기 시작했다. 강의가 끝나고 다연은 휴대폰을 확인했다. 물음표 어깨 위에 1자가 남아 있었다. 사라지지 않은 1을 가만히 내려다보았다. 서운함으로 시작된 마음은 점차 후회로 마무리되었다. 복잡한 마음을 다독이려 문제집을 펼쳤는데 카톡음이 울렸다.

— 학교 운동장이야.

다연은 글자를 확인하고 또 확인한 뒤에야 톡을 보냈다.

— 거기서 뭐 해?
— 달리기.

다연은 창밖을 바라보았다. 밖은 어두웠다. 다연은 어둠 속을 달리고 있을 해리가 보고 싶었다.

— 잠깐 가도 되니?
— 응.

야간 자율 학습을 하는 3학년 교실에 불이 켜져 있었다. 교실에서 나오는 빛이 아니었다면 운동장은 완전한 어둠에 파묻혔을 것이다. 해리는 어둠 속을 달리고 있었다. 운동장을 대각선으로 가로지르더니 갑자기 몸을 틀고 원 모양으로 달려 나갔다. 다연은 종잡을 수 없는 해리의 움직임에서 눈을 뗄 수 없었다. 해리를 바라보는 것만으로도 설렘이 느껴졌다.

다연을 알아본 해리가 시원한 가을바람과 함께 달려오고 있었다.

"왜? 할 말이라도 있어?"

해리는 거칠게 숨을 몰아쉬며 말했다.

다연은 무슨 말을 해야 할지 몰라 입을 비죽거렸다. 그리고 조심스럽게 건넨 말은 "나도 달리고 싶어."였다.

"달리고 싶으면 달리면 되지. 뭘 그런 걸 망설여?"

해리는 다연의 손목을 잡아끌었다. 다연과 해리는 나란히 출발선에 섰다. 다연의 가슴이 두근거렸다. 해리가 '시작'을 외치려는 순간, 다연은 "잠깐!"이라고 소리쳤다. 다연은 달리다가 멈추는 모습을 해리에게 보이고 싶지 않았다.

"나, 그냥 너, 달리는 거 볼게."

해리는 말간 눈으로 다연을 보았다.

"그, 럴래? 나 혼자 뛰고 올게."

해리는 운동장 한 바퀴를 돌고는 다연 앞에서 멈추었다. 달린 건 해리인데 다연의 몸이 뜨거웠다. 때마침, 바람이 한 줄기 불어왔다. 밤바람은 달아오른 다연의 몸을 식혀 주었다.

"나, 궁금한 게 있어."

숨을 고르는 해리에게 다연이 말을 걸었다.

"뭔데?"

"달릴 때 어떤 기분이야?"

해리가 조용해졌다. 다연은 해리의 눈을 보았다. 동공이 밤고양이처럼 크고 검었다.

"내가 없어지는 것 같아."

"없어지다니?"

"완전히 사라지는 기분이랄까."

다연은 그 마음이 어떤 것인지 알고 싶었다. 다연도 세상이 일시 정지할 때마다 자신이 없어지는 기분이 들었기 때문이다.

"처음에는 힘들지만 어느 한 지점을 지나면 몸이 가벼워지거든. 복잡한 거, 어려운 거 그딴 거 다 사라져."

다연은 그 마음이 어떤 것인지 공감할 수 없었지만 해리를 이해하고 싶었다.

"그러니 너도 달려 봐."

다연은 해리가 느끼는 걸 알고 싶었다.

"그래…… 볼까?"

다연과 해리는 나란히 섰다. 해리가 '시작'을 외쳤고 둘은 동시에 앞으로 뛰어나갔다. 다연은 그제야 알았다. 해리가 얼마나 빠른 아이인지. 그리고 자신이 얼마나 느린 존재인지. 다연은 얼마 달리지 않았는데도 가슴이 답답하고 숨이 차올랐다. 그런데 몸 어딘가에서, 무엇인가가, 살아서 움직이고 있는 것만 같았다. 달린다는 건 이런 것이구나. 숨이 차지만 나를 제대로 느낄 수 있는 것이구나.

해리는 종착점에서 양반다리를 하고 바닥에 앉아 다연에게 손짓을 했다.

"천천히 와."

다연은 힘을 냈다. 멈추지 않았다. 해리만 보고 달렸다. 얼굴을 감싸는 시원한 바람의 온도와 차가운 공기의 냄새와 먼지의 맛을 느낄 수 있었다.

다연은 해리의 옆에 앉아 헉헉, 거친 숨을 골랐다.

"잘 달리네."

해리는 다연의 머리를 헝클어트리듯 매만졌다. 해리의 손바닥 냄새가 진하게 풍겨 나왔다. 다연은 그 냄새가 좋았다. 하지만 해리의 얼굴만은 똑바로 볼 수가 없었다.

*

해리는 첫 수업 시간부터 운동장 트랙을 달리고 있었다. 땅을 박차는 해리의 두 다리와 허공을 가로젓는 양팔을 다연은 놓치지 않았다. 모든 것이 사라지는 기분을 상상하며 해리를 지켜보았다. 해리는 다른 아이들을 모두 앞질러 1등으로 들어왔다. 기역 자 모양으로 몸을 구부린 채 두 무릎에 손을 얹고 숨을 골랐다. 해리는 몸을 편 뒤 다연이 있는 창문을 바라보았다. 다연은 해리가 자신을 보고 있다는 느낌에 사로잡혔다. 착각인 걸까. 다연도 해리에게 눈을 떼지 않았다. 선생님도 아이들도 아무도 다연을 신경 쓰지 않을 것이다. 다연의 얼굴이 점점 뜨거워지고 가슴이 두근거렸다. 정지하기 전의 전조 증상일까. 다연은 그대로 손을 무릎에 올리고는 마음속으로 하나, 둘, 셋 숫자를 셌다.

"다연아, 앞을 봐야지."

국어 선생님의 낮은 목소리가 들려왔다. 국어 선생님은 다른 선생님들과 달리 다연을 신경 쓰는 유일한 교사였다. 다연과 국어 선생님의 눈이 마주쳤다. 다연은 당황한 듯 손을 책상 위에 올렸다가 샤프펜슬을 떨어뜨렸다. 데구루루 굴러가던 샤프펜슬은 앞에 앉아 있는 아이 옆쪽에서 멈췄다. 그 애는 무심한 얼굴로 샤프펜슬을 주워 다연이 책상 위에 올려놓았다.

"오늘은 얘길 듣네."

선생님은 웃음을 짓고는 수업을 계속 이어 갔다. 시간이 멈춘 건가. 아닌가. 다연은 헷갈렸다. 시간이 멈출 때면 다른 이들의 목소리가 들리지 않았다. 그 시간을 돌아보면 잘려 나간 듯 아무 기억이 없었다. 모든 것이 정지한 것처럼. 하지만 해리와의 불확실한 교감과 선생님의 목소리, 굴러가던 샤프펜슬까지도 생생했다. 착각이었을까.

점심시간, 다연은 언제나 가장 늦게 식당으로 향했다. 아이들이 반 이상 밥을 먹고 사라진 식당에는 반찬 냄새가 강하게 풍겼다. 다연은 그나마 깨끗한 자리를 찾아 자리를 잡고는 젓가락을 들었다. 반찬으로 좋아하는 돈가스가 나와 다행이라고 생각하고 있었을 때 옆에서 기척이 느껴졌다.

"안녕."

다연이 고개를 돌리자 해리가 있었다. 다연은 의자를 앞으로 당겨 앉으며 허리를 곧추세웠다. 젓가락을 내려놓았다. 숟가락을 들고 된장국 국물을 떠먹었다.

"늦게 먹네."

해리의 목소리가 들려왔다.

"한산한 게 좋아서."

"나도 그런데."

해리가 밥을 입 안에 넣으며 말했다. 다연은 자꾸만 입 속이 말랐다. 가슴이 턱 막혀 왔고 금세 입맛이 사라져 버렸다.

다연은 숟가락을 내려놓았다. 물 잔에만 손이 갔다.

"왜 안 먹어?"

"밥맛이 없네."

"그럼, 이거 내가 먹어도 돼?"

해리가 돈가스를 가리키며 다연의 눈을 똑바로 보았다. 다연은 해리와 눈을 마주치지 못한 채 고개만 끄덕였다.

해리는 급하게 밥을 먹었다. 다연은 마음이 불편한데도 이 자리를 벗어나고 싶지 않았다.

"야! 김해리! 아직도 먹냐! 샘이 빨리 오래!"

뒤쪽에서 소리가 들려왔다.

"아, 알았어. 먼저 갈게."

해리는 밥과 반찬이 반이나 남은 식판을 들고 급하게 일어섰다.

"오늘 밤에도 달리고 싶으면 운동장으로 와."

해리는 그 말을 남기고 사라져 버렸다. 다연은 꼼짝없이 앉아 있었다. 해리가 나타났다 사라진 짧은 시간을 찬찬히, 음미하며 복기했다. 기억이 나지 않았다. 시간이 멈췄던가. 아니다. 그것만은 확실했다. 해리와 함께 있을 때 느꼈던 모든 감각이 생생히 떠올랐기 때문이다. 하지만 대부분을 차지한 감정은 불안이었다. 다연은 손가락 끝을 자꾸만 매만졌다.

*

　다연은 인터넷 강의에 집중할 수 없었다. 계속 시간만 확인
했다.
　'해리가 운동장에 있을까. 나를 기다리고 있을까.'
　다연은 학교 식당에서 나오며 이미 가지 않기로 결심했다.
하지만 마음은 학교 운동장을 서성거리고 있었다. 카톡음이
울렸다. 다연은 바로 확인했다.

　— 오늘은 못 오나 보네.

　단단히 걸어 잠갔던 결심이 흔들렸다. 다연은 인터넷 강의
를 정지시키고 엎드렸다. 손등에 닿은 이마가 뜨거웠다. 창문
을 열었다. 밤공기가 훅, 밀려들어 왔다. 해리와 함께 달리고
난 뒤 몸을 씻어 주던 바람결이었다. 바람 속에 그 시간의 냄
새가 섞여 있었다. 다연은 겉옷을 걸쳐 입고 학교 운동장으로
달려 나갔다.
　3학년 교실에 불이 켜져 있었다. 숨어 있기 적당한 어둠이
운동장에 매여 있었다. 멀리, 어둠을 가르며 달리는 아이가 있
었다. 다연은 그 아이가 해리임을 단박에 알아차렸다. 해리가
멈춰 서더니 그 자리에 주저앉았다. 고개를 폭 숙이고 머리를
흔들더니 일어나 엉덩이를 털었다. 주위를 두리번거리고 휴대

폰을 만지작거렸다. 다연의 휴대폰에 카톡음이 울렸다.

— 못 오는 거지?

다연은 망설이다 '응.'이라고 답을 보냈다. 그러고도 그 자리를 벗어나지 못했다. 다연은 좀 더 어둠이 서린 곳으로 찾아 들어가 자리를 잡았다. 선뜩한 바람이 목덜미를 스쳐 지나갔다. 다연은 점퍼 지퍼를 잠가 올렸다. 그제야 알았다. 해리에게 집중하는 내내, 한 번도 시간이 멈추지 않았다는 것을.

다연의 시간이 멈추기 시작한 건 중학교 2학년이 시작되고 얼마 지나지 않았을 때부터였다. 도서관에서 책을 찾다가 책이 뽑힌 그 틈으로 보였던 Y의 눈동자. 글자를 읽어 내는 갈색빛이 도드라졌던 큰 눈망울이 너무나 맑고 예뻐 보였다. 다연은 Y가 5반이라는 것을 알았다. 다연은 Y를 보기 위해 쉬는 시간마다 5반을 찾아갔다. 1학년 때 같은 반이었던 친구에게 체육복과 교과서를 빌렸다. 점차 5반 아이들과 친해지면서 Y의 생일에 함께 초대되었다.

다연은 Y에게 슬리퍼를 선물했다. 발등에 곰돌이 얼굴이 새겨진 귀여운 슬리퍼였다. Y는 여름 방학 내내 독서실을 다닐 거라고 했다. 에어컨 바람이 너무 세서 발이 시리다고 했다. 언젠가 흘리듯 말한 것을 다연은 기억하고 있었다. 다연은 Y가 이걸 신고 책을 읽고 공부하길 원했다. Y의 발이 따뜻하길 바랐다.

다연은 Y에게 어떠한 스킨십도 할 수 없었다. 여자아이들 사이에서도 가벼운 스킨십은 우정의 표현이었다. 팔짱을 끼거나 어깨에 손을 올리거나 귀엽다고 얼굴을 쓰다듬는 일. 하지만 다연은 Y 근처만 가도 심장이 뛰고 얼굴이 뜨거워져서 일부러 한 발짝 떨어져 있곤 했다. 거리가 있어도 Y의 숨소리를 들을 수 있었고 체취를 맡을 수 있었으며 멀리 있어도 Y를 알아볼 수 있었다. 팔등에 잔털이 솟아 있을 때의 오돌토돌한 살결의 촉감을 예감할 수 있었다. Y가 원하는 것이면 뭐든지 해 주고 싶었다. 그 애가 좋아하는 선배 오빠와 콘서트에 함께 갈 수 있도록 수십 번 클릭을 연습해서 티켓도 예매해 주었다. 하지만 선배를 만나기 위해 화장을 하고 예쁜 옷을 고르는 Y를 보았을 때, 다연은 묘한 질투를 넘어 슬퍼지기까지 했다. 그럼에도 다연은 Y에게 최선을 다할 수밖에 없었다.

어느 날부턴가 아이들이 다연을 멀리하는 것을 느꼈다. 다연은 아이들 사이에서 은따가 되어 있었다. 쓰레기장에 버려진 곰돌이 슬리퍼가 눈에 들어왔다. 발로 밟혀 더럽고 눈이 파이고 귀가 찢어진 곰돌이 슬리퍼가. 그제야 알았다. 다연이 은따의 중심에 Y가 있었다는 것을.

다연은 누구에게도 다가갈 수 없었다. 왠지 통할 것 같아 먼저 다가가 친해지더라도 시간이 지난 뒤 보면 그 아이로부터 멀어져 있었다. 상처 위 딱지처럼, 새살이 돋아나면 밀리듯 떨어져 나가는 가볍고 쓸모없는 각질 조각처럼.

그때부터였다. 다연의 시간이 때때로 멈추기 시작한 것은. 일상의 미세한 균열이 일어난 것은. 순간의 기억들이 삭제된 것은.

다연은 스스로 아이들로부터 멀어졌다. 고립은 다연의 생존 방식이었다. 그것이 덜 지질했고 조금은 멋져 보이는 듯도 했다. 아직까지도 알 수 없는 것은 Y가 자신에게 왜 그렇게까지 했느냐였다.

다연은 고개를 들었다. 저만치 어둠 속에 있던 해리가 이쪽으로 다가오고 있었다. 놀란 다연은 재빨리 일어나 자리를 벗어났다.

*

다음 날, 다연은 교실에 들어와 자리에 앉았다. 저절로 창밖으로 시선이 갔다. 육상부 일곱 명이 트랙에 나란히 서 있었다. 선생님의 신호에 모두 출발했다. 선두에 섰던 해리는 3번 아이에게 뒤처지고, 5번 아이에게 뒤처지다 네 번째로 들어왔다. 해리는 허리에 손을 얹었다. 다연이 있는 교실을 등지고 서서 숨을 골랐다.

해리는 수업 시간 직전 교실로 들어왔다. 다연은 고개를 돌렸다. 해리와 눈이 마주쳤다. 다연은 얼른 다시 칠판 쪽을 보았다.

1교시 수업이 끝나고 해리가 다연에게 다가왔다.

"안녕?"

해리 목소리가 무뚝뚝했다.

"어, 안녕?"

"어제, 밤에 운동장에 왔었니?"

"아니."

다연의 말투는 단호했다.

"그래……."

2교시 수업 종이 쳤다. 해리는 자리로 돌아갔다.

이후, 해리는 한 번도 다연에게 말을 걸지 않았다. 쉬는 시간에 엎드려 잠을 자고 화장실에 가고 아이들과 이야기를 나누곤 했다. 다연은 해리를 보고 있지 않았지만 다연의 신경망에서 해리는 벗어나지 않았다.

점심시간, 다연은 5교시 시작종이 칠 때까지 식당에 앉아 있었다. 해리는 나타나지 않았다. 교실에 돌아온 다연은 단 한 번도 해리를 쳐다보지 않았다.

집으로 돌아온 다연은 침대 위 이불 속에 들어가 계속 웅크리고 있었다. 해리의 눈빛이 지워지지 않았다. 해리가 보고 싶었다. 마음 편히 해리를 볼 수 있는 곳은 한 곳밖에 없었다. 다연은 다시 학교 운동장을 찾았다. 운동장은 조용했다. 어둠이 묻힌 곳에 다소곳이 앉아 해리를 기다렸지만 보이지 않았다. 다연은 가벼워지고 싶었다. 복잡한 것, 어려운 것들이 모두 사라질 수 있도록.

다연은 달리기 시작했다. 숨이 가쁘고 가슴이 따끔거렸다. 힘든 건 몸인데 어째서 마음이 아프고 눈시울이 뜨거워지는 걸까. 다연은 멈춰 섰다. 손등으로 젖은 눈가를 훔치고 고개를 들었다.

멀리 해리가 보였다. 다연은 어떻게 해야 할지 몰랐다. 해리는 한 발짝도 움직이지 않았다. 다연도 마찬가지였다. 멀리서라도 해리를 느끼고 싶었다. 가슴이 뛰고 얼굴이 화끈해졌다. 달리기의 후유증일까. 아니면 해리 때문인가.

Y와 있을 때도 이런 식으로 몸과 마음이 반응했다. 다연은 불안해지기 시작했다. 몸을 돌렸다. 그대로 달려 운동장을 빠져나왔다.

Y에게 묻고 싶었다. 왜 내게 잔인하게 굴었느냐고. 중학교 졸업식 날이 마지막 기회라고 생각했었다. Y에게 얘기를 하고 싶다고 문자를 보냈지만 Y는 답이 없었다.

다연은 휴대폰에서 Y의 번호를 찾았다. 일부러 지우지 않았다. 지울 수 없었다. 전화를 걸었다. 신호음이 길어졌다. 이번에도 묵묵부답인가. 한편으로는 다행이라고 생각했다.

"여보세요?"

휴대폰을 들고 있던 다연의 손이 아래로 툭, 떨어졌다. 다연은 숨을 고르고 휴대폰을 귀에 갖다 댔다.

"나야. 다연."

"알아. 오랜만이야."

"그래."

"갑자기…… 무슨 일이야?"

"지금, 만날 수 있니?"

"지금? ……왜?"

"묻고 싶은 게 있어."

"전화로는 안 돼?"

"응. 봐야겠어. 너를."

Y는 침묵했다. 잠시 뒤 입을 열었다.

"그래. 근데 당장은 어려워. 학원이라."

"내가 그쪽으로 갈게."

Y가 다니는 학원 건물 1층에는 카페가 있었다. Y를 기다리는 동안 다연이 시켜 놓은 아메리카노는 한 번에 마실 수 있을 정도로 식어 버렸다. 딸랑, 소리가 들릴 때마다 다연의 눈은 문 쪽으로 향했다. 몇 번을 반복한 뒤 눈에 익은 Y의 모습이 보였다. 가방을 멘 채, 다연에게 다가오고 있었다.

"오랜만이야."

Y는 가방을 의자에 내려놓고 자리에 앉았다. 2년의 시간이 지나는 동안 Y는 달라진 게 없었다.

"왜 보자고 한 거야?"

Y는 다연의 눈을 마주 보지 못한 채 물었다. 반면 다연은 Y의 눈을 똑바로 보았다. 이제는 그럴 수 있었다. 가까이 있는데도 숨결도 체취도 느껴지지 않았다.

"바로 물을게. 그래도 되지?"

Y는 고개를 주억거렸다.

"나한테 왜 그랬니?"

Y는 긴장한 듯 손을 조물락거리더니 머그잔 옆에 유리컵을 집었다.

"……이거 좀 마실게."

Y는 목을 축인 뒤 컵을 내려놓고 음음, 소리를 내며 목소리를 가다듬었다.

"그때는 내가 좀, 유치했지. 지금이었다면 널 그런 식으로 대하지 않았을 텐데. 미안해. 지금이라도 사과하고 싶어."

예상치 못한 Y의 말에 다연의 입술이 붙어 버렸다.

"진심이야. 그래서 나온 거야. 전부터 한 번쯤 너를 우연히 만나게 되지 않을까 생각했어. 그럴 기회가 온다면 내가 먼저 다가가서 용서를 빌어야지 했어."

"용서……."

Y가 탁자를 내려다보며 말을 이었다.

"그때는 기분이 나쁘기만 했어. 네가 징그럽기도 했고 당황스럽기도 했어. 지금도 너를 완전히 이해할 수는 없지만 너의 정체성, 나도 인정하고 싶어. 노력 중이야."

30

"무슨 뜻이야?"

Y가 고개를 들고 다연을 보았다.

"무슨 뜻이냐니? 너 정말 너에 대해 모르는 거니?"

"……."

"네가 그랬지. 매 순간 내가 신경 쓰인다고. 내가 네 눈에 보일 때도 보이지 않을 때도. 좋아하면 신경 쓰이는 거야. 가슴이 기분 좋게 뛰고 설레지만 모든 게 불편해지지. 그런데도 자꾸 눈길이 가고."

Y는 점퍼 주머니에서 휴대폰을 꺼내 살폈다.

"친구가 기다려. 가야 해. 다음에 기회 있음 다시 얘기해."

Y는 일어나 가방을 메고 친구와 통화하며 카페 밖으로 나갔다. 다연은 그 자리에 머무른 채 그 시절, Y를 대했던 감정을 복기했다. 그리고 현재를 생각했다. 매 순간 해리가 신경쓰였다. 그 아이 앞에서는 가슴이 뛰고 얼굴이 뜨거워졌다. 함께 있을 때 불편했지만 그 아이의 시야에서 벗어나고 싶지 않았다.

'그게…… 그런 거였구나.'

다연은 설명할 수 없는 감정에 휩싸였다.

*

교실의 아침은 언제나 소란스러웠다. 다연은 가만히 앉아 해리를 기다렸다. 뒷문이 열릴 때마다 다연의 고개가 돌아갔다. 마침내, 해리가 들어와 자리에 앉았다. 다연은 해리를 바라보았지만 해리는 다연에게 눈길 한 번 주지 않았다. 해리는 다연에게 무심해졌다. 학교 숲에서 다연에게 말을 걸기 이전처럼. 그런데도 다연은 해리가 신경 쓰였다. 눈에 보일 때도 보이지 않을 때도. 가슴이 뛰고 모든 게 불편했다. 그런데도 자꾸 눈길이 갔다.

점심시간에도 마찬가지였다. 한 시간 내내 식당에 머물며 해리를 기다렸다. 해리는 오지 않았다. 다연은 불안했다. 이전과 다른 불안이었다. 다연은 물러나고 싶지 않았다.

수업이 끝나고 다연은 육상부 교실로 향했다. 운동복을 입은 아이들의 시선은 일제히 다연에게 향했다. 다연은 아이들의 눈길을 하나하나 걷어 내며 해리를 찾았다. 어디에도 해리가 없었다. 마지막으로 향한 곳은 학교 숲이었다. 그곳에 해리가 있었다. 다연의 이름을 먼저 불러 주던 그 벤치에 앉아 있었다.

"김해리."

다연이 입을 열자 해리가 고개를 들었다. 다연은 해리에게 다가갔다.

"어, 여기, 어떻게."

해리는 달리다가 갑자기 멈춘 것처럼, 말을 뚝뚝 끊었다. 하지만 해리의 숨소리와 오르내리는 가슴팍, 그 안에 고여 있을 해리의 마음을 다연은 느낄 수 있었다.

다연은 가슴이 두근거렸다. 얼굴이 뜨거워졌다. 눈시울이 젖어 들었다. 해리에게 그 모습을 보이고 싶지 않았다. 다연은 양손으로 얼굴을 가렸다. 해리는 일어나 다연에게 가까이 다 가섰다. 다연의 손을 얼굴에서 거두며 말했다.

"고백하자면 오래전부터…… 네가 신경 쓰였어. 여기서 널 봤을 때, 그때를 놓치면 안 될 것 같았어."

다연은 웃으며 고개를 끄덕였다. 해리도 미소를 지었다. 그 순간 다연의 얼굴이 홧홧해지고 귀가 먹먹하고 가슴이 두근 거렸다. 시간이 정지되기 전의 전조 증상일까. 아니다. 다연은 알고 있었다. 시간이 흐르고 있음을. 해리의 검은 눈동자가 보 이고, 땀이 섞인 냄새가 맡아졌고 입가에 닿은 가을바람이 달 콤했다. 무엇보다 해리를 향한 감정이 생생하게 온몸을 휘감 고 있었다.

달의 방

신발을 벗고 집 안으로 들어섰다. 몇 발자국만 디디면 바로 싱크대였다. 찬장에서 라면을 꺼낸 뒤 냄비에 물을 받아 가스 레인지 위에 올리고 불을 켰다. 라면 봉지를 뜯어 면과 분말스 프를 한꺼번에 냄비 안에 넣고 물이 끓어오르기를 기다렸다.

달짝지근한 냄새가 풍겨 올라왔다. 냉장고에서 김치를 꺼내 놓고 선 채로 라면을 건져 먹기 시작했다. 문밖에서 도어락 열리는 소리가 들린 뒤 문이 열렸다. 나는 면을 입 안에 머금 은 채 고개를 돌렸다. 엄마가 신발을 벗고 있었다. 저녁 7시, 엄마가 마트에서 한창 일할 때였다.

"왜 벌써 와?"

"오늘 집 보러 가기로 했어."

며칠 전 아침, 학교 갈 준비를 하고 있을 때 엄마에게 걸려

왔던 전화가 떠올랐다. 엄마는 한참 동안 듣고만 있었다. 상대편 목소리는 들리지 않았지만 엄마의 심각한 표정이 그다지 좋은 상황이 아니라는 걸 알 수 있었다. 엄마는 전화를 끊자마자 한숨을 내쉬었다. 나는 커튼을 치고는 모르는 척 조용히 교복을 입었다.

이사를 가야 하는지 몰랐다. 2년 전에도 집주인은 전세 보증금을 올리려고 했다. 엄마가 집주인에게 사정해서 2년 잘 버티었다. 하지만 더 이상은 봐줄 수 없는가 보다.

엄마는 예전부터 말해 왔다. 이사 가게 되면 내 방을 꼭 만들어 주겠다고. 물론 지금도 나름 방 비슷한 것은 있다. 커튼으로 만든 공간이지만.

면만 건져 먹고는 냄비를 씻어 엎어 놓은 뒤 커튼으로 나눈 반쪽짜리 공간으로 들어왔다. 커튼 너머에서 엄마 숨소리가 고스란히 들려왔다. 나는 모르는 척 자리에 누웠다. 점퍼 주머니에서 카톡음이 연속으로 울렸다. 휴대폰을 꺼내 벨 소리를 진동으로 바꾼 뒤 다시 방바닥에 누웠다. 휴대폰이 끊임없이 부르르 떨었다. 잠시 뒤, 조용해진 휴대폰을 살펴보니 반 단체 톡방에 100개가 넘는 톡이 쌓여 있었다.

나는 이 방에 초대되어 있지만 존재하지는 않는다. 교실에서처럼 이곳에서도 드러낼 수도 도망갈 수도 없다. 애써 빠져나가면 누군가 나를 다시 초대하기 때문이다. 처음에는 아이들과 섞여 내 생각을 톡으로 남겼다. 아무도 내 말에 반응하지 않았다. 왜 대답이 없느냐고 물어도 아이들은 자기들 말만 했다.

카톡방에는 오늘 밤에 있을 개기 월식에 대한 이야기가 가득했다. 낮에 교실에서 오가던 화젯거리가 휴대폰 속에서도 이어지고 있었다.

월식이 무엇인지는 알고 있었다. 할머니에게 수도 없이 들었기 때문이다. 엄마가 태어난 날, 할머니는 월식이 있었다고 했다. 그 이야기를 듣던 게 열 살 때였다. 그 무렵 나는 할머니 나이가 이백 살이 아닐까 생각했다. 30년 전 이야기를 옛날이야기처럼 했기 때문이다. 할머니는 엄마를 집에서 낳았다. 그날, 달이 사라지고 붉은 기운이 하늘에 가득했다고, 막 태어난 아기 울음소리는 붉은 기운이 가득한 세상 밖으로 퍼져 나갔다고 했다. 내게 '월식'은 엄마가 이 세상에 존재하기 시작한 날과 같은 의미였다.

할머니는 어린 엄마를 집에 혼자 두고 일을 하러 간 것이 늘 마음에 걸렸다고 했다. TV를 살 형편도 못 되어 엄마 혼자서 무섭지 않을까 걱정이 되었다고. 그래선지 할머니는 늘 나와 함께 있었다. 힘이 닿을 때까지 나를 돌봐 줄 것이라고 했다. 그건 날 위한 것이기도 하면서 엄마를 위한 것이었다. 그랬던 할머니는 내가 열세 살이 되던 해 돌아가셨다.

'오늘 밤 개기 월식이래.'

월식은 아는데 개기 월식은 뭘까. 잘 모르겠는 것들은 검색을 해서 나만의 카톡방에 내용을 저장해 두었다. 그래야 세상과 내가 이어진 기분이 들었기 때문이다.

'달이 지구의 그림자 속으로 들어가 보이지 않게 되는 현상. 달의 왼쪽부터 지구의 그림자에 의해 가려지기 시작한다. 달이 지구의 그림자 속으로 완전히 들어가면 붉은색으로 보인다. 그 후에 달이 다시 왼쪽부터 서서히 나타나기 시작하여 본래의 모습으로 돌아온다.'

'보이지 않는 것'은 이 세상에 존재하지 않는다는 것이다. 사라져 버리는 일이다. 나는 이상하게 그 말이 애틋하고 슬펐다.

"집 보러 같이 갈래?"

커튼 너머에서 엄마 목소리가 들려왔다.

"나랑?"

"응. 너랑."

"멀어?"

"아니. 부동산 중개인에게 이 근방에서 찾아야 한다고 말해 뒀어. 네 학교도 그렇고. 그런데…… 이 집보다는 깊거나 높은 곳으로 가야 할지 몰라."

지금 우리 집은 다세대 주택 이 층에 있는 원룸이다. 여기

보다 낮거나 높은 곳이란 어떤 곳일까. 그보다 절박하게 궁금한 게 있었다.

"내 방 생기는 거야?"

"봐야지."

엄마 목소리는 힘없이 늘어졌고 동시에 나는 맥이 탁, 풀렸다.

"꼭 이 밤에 가야 해?"

"엄마 사정 알면서 그렇게 말하니?"

목소리에 날이 서 있었다. 엄마는 아침부터 저녁까지 일해야 하기 때문에 밤에 집을 보러 다닐 수밖에 없었다. 내가 중학생이 되면서 엄마는 주말에도 아르바이트를 했다. 집에 들어오면 잠만 잤다. 언젠가부터 엄마와 대화를 나누지 않았다. 열한 살 무렵까지만 해도 얘기도 많이 하고 엄마랑 꼭 끌어안고 잠들었는데.

꼼짝하고 싶지 않았지만 이 밤에 엄마 혼자 보낼 자신이 없었다.

"알았어. 가."

입고 있던 교복 위에 후드티를 겹쳐 입고 모자를 뒤집어썼다. 그 위에 발목까지 내려오는 점퍼를 걸치고는 커튼을 거두었다. 엄마가 말간 눈으로 나를 올려다보았다.

엄마와 함께 밖으로 나왔다. 차가운 바람이 얼굴에 달려들었다. 눈이 시리고 따가웠다. 눈을 반쯤 감고 하늘을 쳐다보았다. 아직은 달이 멀쩡하게 떠 있었다.

"달이 밝네."

엄마가 깊은숨을 내쉬며 말했다. 엄마는 오늘 달이 사라진다는 걸 알고 있을까? 엄마가 내게 팔짱을 끼었다. 어릴 때는 내가 먼저 엄마에게 다가갔는데. 그때는 오늘처럼 어색하지 않았다.

엄마는 마트 앞에서 멈췄다.

"부동산 중개인이 여기로 온다고 했어. 좀만 기다리자."

가만히 서 있으려니 발바닥이 간지럽고 심장이 기분 나쁘게 두근거렸다. 이럴 땐 몸이 저절로 움직였다. 나는 제자리에서 가볍게 뛰었다.

"왜 그래?"

엄마가 의아한 눈으로 물었다.

"추워서."

사실, 춥기도 했다. 하지만 진짜 이유는 따로 있었다. 가슴이 불편하게 뛰기 시작하면 몸을 많이 움직여서 심장 박동수를 끌어올려야만 했다. 숨이 차올랐지만 차라리 그게 나았다. 발바닥이 땅에서 떨어지는 짧은 순간, 자유로움을 느낄 수 있었다.

"따뜻한 두유라도 먹을래?"

"괜찮아.

42

나는 제자리 뛰기를 하면서 말했다. 멀리서 단발머리 여자가 코트 자락을 휘날리며 다가오고 있었다.

"저기 온다."

엄마가 손을 흔들었다. 나는 뛰기를 멈추었다. 중개인이 빠른 걸음으로 다가왔다.

"안녕하세요? 최정애 님 맞으시죠. 추운데 많이 기다리셨어요?"

"아뇨. 조금 전에 왔어요."

"다행이네요. 근데 조카예요?"

나를 보며 물었다.

"딸이에요. 중학교 2학년. 제가 스무 살에 낳았거든요."

엄마가 쓸데없는 얘기를 한다고 생각했을 때 중개인은 어색한 웃음을 지으며 나와 엄마를 번갈아 보았다.

"두 분이 사신다고 해서 신혼부부인 줄 알았어요. 요즘에는 늦게 결혼하는 분들이 많으니까요. 이름이 뭐니?"

"최정은이요."

"예쁜 이름이네. 갈까요?"

중개인은 앞서 걸었다. 그녀는 눈치챘을 것이다. 우리가 미혼모와 딸 사이라는 걸.

우리는 언덕길로 올라섰다. 지금 살고 있는 집에서 얼마 떨어지지 않은 곳이지만 이 동네는 처음이었다.

"여기예요."

중개인은 창문에 창살이 드리워진, 땅속으로 반쯤 잠긴 집을 가리켰다. 엄마는 내 팔짱을 더 꼭 끼었다. 우리는 안쪽으로 들어가 계단 몇 개를 내려간 뒤 벨을 눌렀다. 안에서 "누구세요."라는 남자 목소리가 새어 나왔다. 중개인은 집을 보러 왔다고 말했다. 문이 열리고 엄마 또래로 보이는 남자가 나타났다. 남자는 환하게 웃으며 우리를 반겼다.

엄마는 집 안에 들어가자마자 나와 고리처럼 이어진 팔짱을 빼고는 휴대폰 메모장을 열었다. 엄마의 눈은 반짝였고 꽉 다문 입술은 비장해 보였다. 나는 엄마의 휴대폰 화면을 힐끔 보았다. 새집을 구할 때 반드시 확인해야 하는 내용들이 메모되어 있었다.

이 집에는 방 두 개와 부엌이 딸린 작은 거실이 있었다. 엄마는 집을 둘러보고 싱크대 물을 틀었다. 물줄기가 시원하게 쏟아져 내렸다. 욕실에 들어가 세면대와 샤워기의 수압도 확인했다. 변기 물도 내려 보았다. 곰팡이 핀 곳은 없는지 구석구석을 살폈다. 모든 것에 문제가 없는 듯했지만 엄마 표정은 여전히 굳어 있었다.

"보일러실이랑, 베란다 좀 볼까요?"

"이쪽으로 오세요."

남자가 문을 열었다.

"보일러 연식은 오래된 것 같지는 않네요."

남자는 2년 전에 교체했다고 말하며 베란다 방향으로 몸을 돌렸다. 베란다 역시 반쯤 지하에 잠겨 있었다. 창문에는 창살이 달려 있었다. 그곳에는 많은 물건들이 쌓여 있었다. 엄마의 눈은 빈틈없이 빼곡히 쌓여 있는 노란 박스에 닿았다.

"박스 뒤 좀 볼 수 있을까요?"

남자 얼굴이 살짝 경직되었다. 남자는 까치발을 한 채 양팔을 올려 박스를 잡았다. 그의 미간에 힘이 들어갔다. 팔을 뻗어서인지 기분이 나빠서인지 알 수 없었다. 그가 박스 하나를 치운 순간 까맣게 곰팡이 핀 벽이 드러났다.

엄마와 부동산 중개인 얼굴도 잿빛으로 변했다.

"다른 집 보고 싶어요."

엄마는 단호하게 말했다.

"손님이 원하는 가격에 방 두 개짜리는 이 집보다 좋은 집 찾기 힘들어요."

중개인은 애써 친절한 목소리로 말했다. 엄마가 몸을 돌려 나를 보고는 희미하게 웃었다. 엄마 눈에서 말들이 뚝뚝 떨어졌다.

'우리 정은이 방 필요한데. 우리 둘이 살 집 찾기가 왜 이리 힘든 걸까.'

나는 엄마를 보며 어색하게 웃었다. 엄마도 내 눈빛에서 목소리를 들을 수 있을까.

부동산 중개인과 엄마, 나는 밖으로 나왔다.

"다음 집은 저기 윗길로 쭉 올라가야 해요."

여자는 팔을 뻗어 가리켰다. 엄마와 나는 동시에 중개인의 손끝을 바라보았다. 둥그런 달이 눈에 들어왔다. 달은 아직 사라지지 않았다.

중개인이 앞서 걸었다. 그때 휴대폰 벨 소리가 요란하게 울렸다. 그녀는 멈춰 서서 전화를 받더니 듣고만 있었다. 표정이 굳어진 얼굴에 입이 반쯤 벌어졌다. 그 틈에서 나온 하얀 김이 입가에서 떠돌다가 사라졌다. 그녀는 전화를 끊고 양손으로 휴대폰을 꼭 감싸 쥐었다.

"죄송해서 어떻게 하죠? 우리 애가 학원에서 사고를 쳐서 아무래도 제가 가 봐야 할 것 같아요. 그래서 말인데 다음 집은 내일 보면 안 될까요?"

엄마 얼굴이 붉으락푸르락했다.

"오늘도 어렵게 시간을 낸 거예요."

중개인은 잠시 고심하더니, 잠시만 기다리라고 말한 뒤 어딘가로 전화를 걸었다. 상대방과 몇 마디 주고받은 뒤 한결 밝아진 얼굴로 엄마를 바라보았다.

"지금 보러 갈 집은 집주인이 사정이 있어서 집에 없거든요. 집주인이랑 통화했는데 저 없이 가셔도 괜찮다고 하니까 따님이랑 보고 오실래요? 주소랑 번호키 비밀번호 문자로 보내 드릴게요. 이 길 따라 십 분 정도 올라가면 삼 층 건물이 있어요. 그 집 옥탑방이에요. 보시고 마음에 들면 문자나 전화

주세요."

"⋯⋯."

엄마는 난감한 표정을 지었다.

"집주인이 허락했으니 걱정 마세요."

"알았어요. 지금 문자로 보내 주세요."

휴대폰을 만지는 그녀의 손가락이 빨라졌다. 곧 엄마 휴대
폰에서 알림음이 울렸다.

"그럼 연락 주세요."

중개인은 허리를 숙여 인사를 한 뒤 서둘러 반대편 어둠 속
으로 사라졌다.

엄마는 그 집 주소를 길 찾기 지도 창에 입력했다.

"돈 없다고 무시하는 거야 뭐야. 정말 짜증 나."

엄마가 거친 목소리로 투덜거렸다.

"엄마, 오늘 개기 월식이 있대."

엄마 기분이 풀어질까 해서 조심스레 말을 건네 보았지만
엄마는 묵묵부답이었다. 휴대폰 화면만 들여다보더니 얼른
가자고 말했다. 앞서가는 엄마 발걸음이 빨라졌다. 나는 어둠
을 밝혀 주는 가로등 불빛을 보며 엄마 뒤를 따랐다. 그때였
다. 갑자기 가로등에서 지지직, 지지직 소리가 들리더니 불빛
이 깜박였다. 엄마와 나는 놀라 주변을 두리번거렸다. 세상이
어두웠다가 밝아졌다. 꿈인지 현실인지 헷갈릴 정도로 순식간
에. 엄마는 휴대폰을 들여다보았다.

"어, 꺼져 버렸네."

내 것도 확인했다.

"나도."

엄마와 나는 휴대폰을 다시 켜고는 길을 따라 올라갔다.

"저 집이다."

엄마는 고개를 들고 위쪽에 옹기종기 모여 있는 동네를 둘러보더니 삼층집을 한참 동안 올려다보았다. 엄마 눈길은 따뜻하고 평온했다. 여태 보지 못했던 눈빛이었다. 나는 달을 보았다. 아직 사라지지 않은 달을.

휴대폰이 부르르 떨었다. 단체 대화방이 소란스러워졌다. 곧 사라질 달에 흥분한 아이들의 대화가 늘어 갔다. 내용이 빨리 지나가서 읽기도 벅찰 정도였다. 나는 창밖에서 몰래 안을 엿보는 아이가 된 것 같았다. 사람들의 모습은 보이지만 목소리는 들리지 않는. 세상으로부터 밀려나다가 먼지보다 못한 존재가 되어 사라져 버리는……. 또다시 발바닥이 간질간질했다. 나는 엄마 팔을 꼭 붙잡았다.

"정은아, 여기 원래 이랬니?"

"뭐가?"

"그냥, 좀 다른 것 같아서."

"여기 와 본 적 있어?"

"응. 마트 배달 차 타고."

"그때랑 어떻게 다른데?"

"음, 뭐랄까. 그냥 따뜻해."

"밤이라 그런가 보지. 아니면 달이 사라지는 날이라서?"

"뭐? 달이 왜 사라지니?"

엄마는 웃으며 말했다. 나는 더 이상 어떤 말도 하지 않았다. 엄마와 나는 계속해서 길을 따라 올라갔다. 오 분 정도 더 걸은 뒤 그 집에 도착했다.

부동산 중개인 말대로 삼 층 건물 위에 옥탑방이 있었다. 건물 안으로 들어가 계단을 밟아 올랐다. 한 층, 한 층 오를 때마다 머리 위에서 어둠을 밝혀 주는 불빛이 나타났다 사라졌다. 옥상 문을 통과하자 차가운 바람이 불어와 엄마와 내 얼굴에 달려들었다. 나는 시린 바람을 피해 고개를 들었다.

"엄마, 하늘 좀 봐."

"춥다. 얼른 들어가서 보자."

엄마가 내 말을 듣지 않아 서운했다. 하지만 늘 있는 일이었다. 엄마는 중개인이 보내 준 문자를 확인했다. 나는 엄마 휴대폰에 찍힌 비밀번호를 보았다. '1770017' 분명 숫자의 나열인데 글자처럼 보였다. 이유를 생각하다 엄마가 비밀번호를 누르기 직전 떠올렸다.

"엄마 moon이야. 달이라고."

"뭐가?"

"이 집 비밀번호."

엄마는 숫자를 보더니 웃으며 "그러네."라고 말했다.

"이 집 주인이 달을 좋아하나?"

"……."

엄마는 아무 말도 없이 하늘을 쳐다보았다. 엄마 얼굴에 추위를 녹여 버릴 듯한 야릇한 기대감이 담겨 있었다. 이유를 알 수 없는 간절함도 느껴졌다. 나는 숨을 깊이 들이마시며 하늘을 쳐다보았다. 드디어 달이 사라지기 시작했다. 엄마가 비밀번호를 눌렀다. '삑삑삑삑' 소리와 함께 달의 방이 열렸다. 엄마 휴대폰에서 벨이 울렸다. 엄마가 번호를 확인했다.

"마트에서 전화가 왔네. 정은아, 먼저 들어가 있어. 엄마 전화 받고 들어갈게."

"알았어."

나는 달 속으로 발을 들여놓았다. 실내는 어두웠다. 창밖으로 눈을 돌렸다. 아래 집들의 빛이 산발적으로 반짝였다. 그 순간 하얀빛이 번쩍였다. 창밖이 어두워졌다. 삼 층 아래 집들의 불빛이 전혀 보이지 않았다. 등줄기가 차가워지면서 소름이 돋았다. 창밖의 세상이 어두웠다.

'정전인가?'

눈이 어둠에 익숙해지기를 기다렸지만 아무것도 보이지 않았다. 점점 무서워지기 시작했다. 창문을 통해 하늘을 올려다보았다. 하늘에 붉은 기운이 스며들기 시작했다.

"누구야?"

나는 가슴팍을 움켜쥐었다. 분명, 집에 사람이 없다고 했다.

50

얼굴로 빛이 쏟아졌다. 눈이 부셔서 손으로 빛을 막았다.

"뭐야?"

나에게 향했던 빛이 반대쪽으로 돌아갔고 낯선 얼굴이 나타났다.

"앗!"

나는 소리를 지르고 말았다.

"놀라지 마. 나 귀신 아니니까. 진정해."

내 또래 여자아이 목소리였다. 뭐가 재미있는지 혼자서 웃어 댔다.

"너만 놀란 거 아냐. 문이 열리고 사람이 들어오고 불이 꺼져서 나도 놀랐다고. 도대체 넌 누구야?"

아이의 목소리가 신경질적으로 변했다.

"엄마랑 집을 보러 왔는데."

"엄마?"

여자아이는 내 어깨 너머로 빛을 비추었다.

"아무도 없는데?"

"잠깐 나갔는데."

"우리 엄마는 아직 퇴근 전이야. 집을 보러 온다는 얘기는 못 들었는데."

"이상하다. 부동산 아줌마가 얘기해 뒀다 했어."

"그래?"

"엄마가 와야 확실히 알 수 있을 텐데……."

"……."

어색한 정적이 흘렀다. 나는 문 쪽을 돌아보았다. 기척이 없었다. 엄마는 언제 돌아오는 걸까. 전화를 걸어 보려고 휴대폰을 확인했는데 꺼져 있었다. 전원 버튼을 눌러도 켜지지 않았다. 아래 골목에서 흔들렸던 불빛과 꺼져 버린 휴대폰이 떠올랐다.

"밖에서 기다릴게."

"춥잖아. 그냥 있어. 곧 오시겠지."

여자아이가 친절해졌다.

"알겠어."

"그렇게 서 있지 말고 이쪽으로 와서 앉아. 여기가 따뜻해."

나는 아이 쪽으로 자리를 옮겼다. 그 애와 나는 간격을 두고 나란히 앉았다.

'뉴스라도 보면 지금 상황을 알 수도 있을 텐데.'

그 생각을 하고 고개를 들었다. 빛이 움직이기 시작했다. 그 애가 손전등으로 집 안 곳곳을 비추고 있었다. 그 빛을 따라 나도 집 안을 살폈다. 좁은 복도를 닮은 거실, 오른쪽에 싱크대가 있고 안쪽으로 두 개의 문이 보였다. TV를 찾았지만 보이지 않았다. 조금 아쉬웠다. 하긴 휴대폰까지 먹통이 된 마당에 TV가 있어도 무용지물이었을 것이다. 여자아이는 손전등을 바닥에 내려놓았다. 빛이 나오는 쪽이 천장에 닿게. 여자아이와 눈이 마주쳤다. 나는 그 아이의 눈빛을 읽기 시작했다.

경계심은 없어 보였다. 내 또래의 아이와 이야기를 해 본 게 얼마 만인가. 이런 어색한 분위기는 익숙했지만 마주할 때마다 불편했다.

"오늘이 무슨 날인지 아니?"

여자아이가 슬며시 물었다.

"오늘? 음, 달이 사라지는 날?"

"너도 알고 있구나."

여자아이는 환하게 웃으며 말문을 열었다.

"달이나 볼까? 진짜 사라졌는지."

"그래."

우리는 창가에 나란히 서서 하늘을 쳐다보았다. 다른 집들도 정전인지 불이 꺼져 있었다. 정막만이 감도는 가운데 달은 태양 뒤로 완전히 몸을 감추고 있었다. 하늘에 검붉은 빛이 번져 있었다.

"난 달을 볼 때마다 달의 뒷면을 상상하곤 했어."

여자아이는 양손으로 턱을 괴고는 말했다.

"달의 뒷면?"

"너 모르는구나? 우리는 평생 달의 뒷면을 볼 수 없어. 달이 스스로 한 바퀴를 도는 자전 주기와 지구를 한 바퀴 도는 달의 공전 주기가 같기 때문에 언제나 한쪽 면만 볼 수 있다고."

절대 뒷모습을 보여 주지 않는 달, 엄마와 내가 떠올랐다. 우리는 언제부터인가 아파도 아프다고 말하지 않고 슬퍼도

슬프다고 말하지 않는다. 말을 하지 않는다고 모르는 건 아니다. 그렇다고 확인하고 싶지도 않았다. 어차피 해결되지 않을 일이니까. 그래서 침묵을 지켰고 그래서, 숨이 막혔다. 나는 엄마에게서 멀어지고 싶었을까.

달을 바라보는 여자아이의 눈길을 가만히 바라보았다. 그윽하고 따뜻한. 엄마가 골목 아래에서 이 집을 올려다볼 때의 눈빛과 닮아 보였다. 저 아이가 상상하는 달의 뒷면을 알고 싶었다.

"네가 상상한 달의 뒷면은 어떤 곳인데?"

"지구에서 사라진 사람들이 모두 달의 뒷면에 모여 있을 것 같아. 그들만의 세계가 펼쳐져 있을 것 같아."

"달에는 공기도 없잖아. 중력도 지구랑 다르고. 생명이 살 수 없잖아."

"공기가 없어도 중력에 방해받지 않는 어떤 존재가 되어 살고 있지 않을까. 지구 생명체와는 전혀 다른 생명체가 되어서. 생각해 봐. 지구와 같은 환경에서 살 수 있다면 굳이 사라질 필요 없잖아."

무슨 뜻인지 모르겠지만 아니라고 강하게 반박할 수 없었다. 그건 정말 아무도 모르는 일이니까.

"에이, 안 되겠다. 나가서 보자."

나는 고개를 끄덕였고 아이는 두꺼운 점퍼를 덧입고 문을 열었다. 나는 그 아이를 따라나섰다.

사방이 짙은 어둠으로 둘러싸여 있었다. 조금 전보다 더 붉은 기운이 하늘에 드리워져 있었다. 아무것도 보이지 않았다. 저 아이와 나만 세상에 남겨진 것 같았다. 매일 아침, 잠에서 깨어나면 드는 생각은 한 가지뿐이었다. 또 하루가 시작되는구나. 견뎌야 하는구나. 그럴 때면 이상하게 눈가가 젖어 들곤 했다. 외로움이 깊어질 때면 나는 처음부터 없는 존재였다고 생각한다. 그러면 마음이 이상해진다. 편한 것도 같고 아닌 것도 같다. 발바닥이 근질근질하고 마음이 들썩이고 몸도 달뜨기 시작한다. 펄쩍펄쩍 뛰고 나면 조금은 괜찮아졌다. 학교에서 말 한 마디도 못할 때면 온몸이 답답하다. 그럴 때 심장을 가쁘게 만든다. 심장을 뛰게 해서 내 감정을 헷갈리게 한다. 그러다 보면 전에 없던 예민한 감각이 생기는 듯했다. 그 감각은 나만의 공간을 만들어 준다. 어느새 나는 뛰고 있었다.

"뭐 하는 거야?"

그 아이가 커다래진 눈으로 물었다.

"이러다 보면 혼자 있어도 괜찮아져."

아이의 눈빛이 비장해지더니 텀블링을 하듯 양손을 바닥에 내리꽂고 물구나무를 섰다. 등을 벽에 기대지도 않고 양팔만으로 몸의 무게를 견디며 중심을 잡았다.

"헐…… 대단……하다. 운동……선수니?"

나는 거친 숨을 몰아쉬며 물었다.

"나도, 혼자, 있을 때…… 이렇게 해. 계속……하다 보니까…… 어느 순간 되더라고……. 내가…… 다르게 견딜 수 있는 방법이라고나 할까. 인간이기를…… 거부하기 위해서. 뭐든 다르게 하다 보면 달의 뒷면에 존재하는 이들의 마음을…… 느낄 수 있을까…… 해서."

붉어진 얼굴로 힘겹게 말을 이어 나가는 아이의 양 볼이 터질 것처럼 부풀어 올랐다. 나는 깨달았다. 저 아이도 나랑 비슷한 존재라는 걸. 이 세상에서 어떻게든 버텨 보려고 애쓰는 아이라는 걸.

"너…… 친구, 있니?"

나는 숨을 몰아쉬며 넌지시 물었다. 그 아이는 부푼 얼굴로 아니라고, 말했다.

"나도야……. 나도, 그래."

"근데, 지금 혼자, 아니잖아……. 지금, 우리, 둘이, 같이 있잖아."

"그래, 그러네. 우리 같이 있네."

나도 저 아이처럼 물구나무서기를 해 보고 싶었다. 양손을 땅에 짚고 두 다리를 올려 보았다. 아무리 해 봐도 두 다리는 허공에 뜨지 않았다. 할 수 없이, 벽에 의지해 물구나무서기에 도전했다. 몇 번의 실패 끝에 두 다리가 벽에 닿았다. 하지만 얼마 버티지 못하고 양팔에서 힘이 빠져 버렸다. 몸이 무너졌다. 그 애는 몸을 바로 세우더니 까르르 웃었다. 나는 얼른 일어나 제자리 뛰기를 했다.

"너도 해!"

"좋아!"

그 아이도 나처럼 뛰기 시작했다. 제자리에서 몸을 움직이던 우리는 사방으로 영역을 확장해 나갔다. 그래 보았자 좁은 옥상 마당이었지만 뛰면 뛸수록 몸에 열이 올라 추운지도 몰랐다. 우리는 양팔을 벌리고 파도를 만들듯 흐물흐물 움직여도 보고, 발레리나가 된 듯 두 다리를 활짝 벌리고 허공을 날아올랐다. 우리는 달의 뒷면에서 살아가는 낯선 존재가 된 것같았다. 우스꽝스럽지만 신나게, 신나게, 우리만의 세상을 만들어 나갔다.

어느 순간, 계단 쪽에서 발소리가 들려왔다. 누군가 옥상으로 올라오고 있었다.

저 아이의 엄마일까. 나의 엄마일까. 나는 하늘을 쳐다보았다. 사라졌던 달이, 서서히 몸을 드러내고 있었다.

달 없는 우주

그 아이의 인스타그램을 확인했다. 이름은 지수. 앳된 얼굴. 앞치마를 메고 친구들과 찍은 사진 속 얼굴은 봄꽃처럼 화사했다. 피드에는 그림이 가득했다. 소묘부터 정물, 수채, 유화까지. 그림 사이사이에 있는 세잔의 화집과 세잔의 그림들. 얼마 전 예술의 전당에서 했던 인상주의 화가들의 전시회 티켓, 드뷔시의 '달빛'이라는 피아노곡 악보, 스타벅스 커피 음료를 들고 있는 손. 굵은 손가락 마디와 튀어나온 푸른 빛의 힘줄. 일회용 컵을 전부 가릴 정도로 큰 손. 그 손을 확대해 뚫어져라 보았다. 엄지손톱 밑에 검은 점이 박혀 있었다. 심장이 두근거렸다. 나는 얼른 앱을 종료해 버렸다.

오후 수업이 시작되었다. 머릿속에서 손톱 밑의 점이 지워지지 않았다. 노트에 까만 점을 그렸다. 점이 커질수록 손에 힘이 들어갔다. 샤프심이 뚝, 부러졌다. 수학 선생님과 눈이 마주쳤다. 눈빛에서 '뭐니?'라는 질문이 느껴졌다. 나는 고개를 숙이고 문제를 풀었다.

수업이 끝나자마자 다시 인스타그램으로 들어갔다. 달라진 것은 아무것도 없었다.

엄마에게서 문자가 도착해 확인했다. '5시에 병원 정문 앞에서 만나자.'라고 쓰여 있었다. 오늘은 산부인과 정기 검진 날이다. 시간을 맞추려면 서둘러야 했다.

엄마와 약속한 시간보다 30분 일찍 도착했다. 병원 옆에 있는 스타벅스 안으로 들어와서는 곧장 화장실로 향했다. 옷을 갈아입고 화장도 진하게 했다. 나와서 주문대로 다가갔다. 기분이 좋아지도록 생크림이 잔뜩 올라간 아이스 카페모카를 주문했다. 엄마와 약속한 시간이 10분 남았다. 7분 동안 음료를 마시고 나가면 5시에 정문 앞에 이를 수 있을 것이다.

정문 앞에 엄마가 서 있었다. 엄마가 나를 발견하고는 손을 흔들었다. 나는 엄마를 향해 뛰었다.

"일찍 왔어?"

"좀 전에."

엄마는 내 머리부터 발끝까지 훑어보더니 들어가자고 말했다.

진료실 앞 의자에 나란히 앉아 이름이 불리기를 기다렸다.

엄마는 휴대폰으로 인터넷 기사를 읽고 있었다. 나는 팔짱을 끼고 눈을 감았다. 산부인과는 올 때마다 익숙지가 않았다. 교복을 입고 오면 눈치가 보였다. 사람들이 지나가며 힐끔 쳐다보는 시선이 불편했다. 그들이 날 보며 상상하는 것들이 뻔할 테니. 그래서 병원에 올 때는 일부러 더 꾸민다. 엄마도 내 마음을 아는지 옷차림이나 화장한 얼굴에 대해서 말하지 않는다.

"김우주 님 들어오세요."

엄마랑 나는 동시에 일어나 진료실 안으로 들어갔다. 짧은 커트 머리의 여자 의사가 그동안 잘 지냈느냐고, 그사이 생리가 있었는지 물었다.

"아뇨."

"초음파 좀 볼까요?"

옆에 있던 간호사가 이쪽으로 오라고 말하며 커튼을 거두었다. 나는 안으로 들어가 커튼을 닫았다. 병원 이름이 줄줄이 새겨져 있는 고무줄 치마를 입고 바지와 속옷을 벗었다. 숨을 크게 들이마셨다 내쉬고는 커튼을 열고 나갔다. 간호사는 진료 침대를 가리키며 올라가 누우라고 말했다. 짙은 갈색 가죽 침대. 이 순간이 가장 곤혹스럽고 수치스럽다. 나는 올라가 누운 뒤 눈을 감았다. 곧 다리에 힘을 빼라는 의사 목소리가 들려왔다. 의사는 맨살에 차가운 젤을 묻히고 초음파를 보기 시작했다. 등에 소름이 돋았다. 곧 화면에 내 자궁의 모습이 비쳤다. 까만 화면에 하얀 실줄 같은 것이 희미하게 쳐져 있었다. 어떤 형태도 없는 흑백 화면을 볼 때마다 떠오르는 것은 우주다. 달이 뜨지 않은 우주.

"특별한 이상은 없네요. 수고했어요. 내려와요."

끝났다는 안도감에 숨을 크게 내쉬며 몸을 일으켰다. 간호사가 내게 종이 타월을 건네주었다.

엄마와 나는 의사 앞에 나란히 앉았다.

"학생이니까, 좀 더 기다려 보는 것도 괜찮을 거 같고요. 아니면 호르몬 치료를 할 수도 있어요."

의사는 엄마를 보며 말했다. 이상한 기분이 들었다. 분명 내 몸에서 일어나는 일인데 어째서 의사는 엄마에게 의견을 묻는 걸까. 내가 선택할 수 있는 것은 없는 걸까.

"좀 더 기다려 볼게요."

"알겠습니다. 그럼 다음 진료일에 뵐게요. 우주야, 스트레스 받지 말고. 알았지?"

네,라고 대답하자 엄마가 내 손을 잡았다.

병원에서 나온 엄마의 첫 마디는 너무 걱정하지 말라는 말이었다.

"걱정 안 해."

엄마는 내 머리카락을 귀 뒤로 넘겨 주었다.

중학교 1학년을 앞둔 겨울 방학에 초경을 했다. 중학교 내

내 불규칙했지만 생리를 해 왔다. 그런데 고등학교 입학을 앞둔 겨울 방학 때부터 생리가 사라져 버렸다. 지금껏 여러 가지 검사를 했지만 명확한 이유가 없었다.

"엄마 다시 들어가 봐야 해. 일이 남았어."

"늦어?"

"많이는 아냐. 집으로 갈 거지?"

나는 고개를 끄덕였다. 몸을 돌리려는 데 엄마가 내 앞을 막아섰다.

"그럼 다시 배워 볼래? 너, 그림 그리는 거 엄청 좋아했잖아. 입시 미술 말고. 정말 네가 그리고 싶은 그림."

"싫어. 그림 진짜 싫어."

"왜? 갑자기 왜 싫어진 거야?"

"몰라. 피곤해. 갈게."

나는 얼른 자리를 벗어났다.

집으로 오자마자 샤워를 했다. 그제야 몸에 묻은 젤과 병원 냄새가 완전히 지워진 것 같았다. 배가 고팠다. 냉장고 속에 엄마가 만들어 놓은 반찬이 차곡차곡 쌓여 있을 테지만 찬장에서 컵라면을 꺼냈다. 전기 포트에서 물이 끓어올랐다. 컵라면 속에 뜨거운 물을 붓고 앉아 라면이 붇기를 기다렸다. 식탁 끄트머리에 놓여 있는 휴대폰이 눈에 들어왔다. 휴대폰을 들고 인스타그램을 열었다. 지수라는 아이의 계정을 확인했다. 그대로였다.

'신경 쓰지 말자.'

라면을 먹기 시작했다. 식탁을 정리하고 나서 휴대폰을 들고 방으로 들어왔다. 어느새 나는 인스타그램 안으로 들어와 있었다. 지수의 사진을 꼼꼼히 보았다. 앞치마에 미술학원 상호가 쓰여 있었다. 그 사진을 캡처한 뒤 화면을 확대했다.

'F동 L화실'

길 찾기로 우리 집에서 그 화실까지 가는 방법을 검색했다. 지하철을 타고 30분은 가야 이를 수 있었다. 휴대폰을 침대 위에 던져 놓고 책상 앞에 앉았다. 영진이가 떠올랐다. 영진이는 어떻게 지내고 있을까. 잘 살고 있을까.

중학교 1학년 때부터 영진이와 같은 화실에 다녔지만 학교에서 반도, 화실에 가는 요일도 달랐다. 나는 평일반이었고 영진이는 주말반이었다. 영진이는 중학교 3학년 여름 방학 때 전학을 가면서 화실도 그만두었다. 그 후 영진이를 떠올리면 마음이 답답했다. 지금도 마찬가지다. 주먹으로 가슴을 몇 번 쳐 봐도 갑갑함이 사라지지 않았다.

책상 위에 있는 상자 뚜껑을 열고 열쇠를 꺼냈다. 책상 가장 아래 서랍 속에 열쇠를 꽂고 서랍을 열었다. 꼬깃꼬깃 접혀 있는 포스트잇이 눈에 들어왔다. 포스트잇을 펼치고 영진이의 전화번호를 눈으로 읽어 내렸다.

그 일이 있고 나서 영진이네 반을 찾았다. 한 아이에게 영진이의 연락처를 알려 달라고 했다. 그 애는 번호를 불러 주며 휴대폰에 저장하라 했지만 그럴 수 없었다. 영진이 카톡에 내 번호가 뜰 수도 있기 때문이었다. 나는 메모해 달라고 말했고 그 애가 포스트잇에 적어 주었다.

번호를 받고도 한 번도 영진이에게 연락하지 않았다. 버릴까도 생각해 봤지만 그럴 수는 없어 서랍 속에 번호를 묻어 두었다. 고등학교에 와서는 영진이를 생각한 적이 없었다. 그런데 며칠 전 우연히 찾아 들어간 지수라는 아이의 인스타그램을 본 뒤, 영진이가 예전보다 자주 떠올랐다.

영진이의 가방 속에는 언제나 고흐의 화집이 있었다. 영진이는 그 화집을 가장 소중히 여겼다. 그 화집은 화실 아이들과 함께 갔던 시립미술관의 고흐 전시회에서, 돌샘이 산 것이었다.

평일에 화실을 다녔던 나는 그날 돌샘을 처음 보았다. 돌샘은 원장 선생님의 대학 후배라고 했다. 군대를 제대하고 복학하기 전에 아르바이트를 하고 있었다. 주말반 보조 선생님으로 있으면서 화실에서 숙식을 했다. 돌샘은 아이돌 같은 외모 때문에 붙여진 선생님의 애칭이었다. 돌샘은 아이들을 잘 이해해 주었고 미술뿐만 아니라 음악 쪽에도 조예가 깊었다. 전시를 보고 돌아오는 지하철에서 영진이는 호기심 가득한 눈으로 돌샘의 이야기를 들었다.

3학년이 되면서 주말 저녁반으로 시간을 옮겼다. 평일에는 영어, 수학 학원에 다녀야 했기 때문이었다. 그때부터 영진이와 수업을 같이 들었다. 영진이의 시선은 언제나 돌샘에게 향해 있었다. 돌샘이 그림에 대해 설명할 때도 다른 아이들 그림을 보며 조언할 때도 영진이는 돌샘만 보았다. 돌샘이 영진을 보고 웃어 주면 영진이 얼굴은 금세 붉어졌다. 영진이가 돌샘을 좋아한다는 것을 주말반 아이들은 이미 다 눈치채고 있었다.

주말반에 다닌 지 한 달이 지났을 즈음, 수업이 끝나고 사거리에 와서야 화실에 수행평가 파일을 두고 온 것을 알았다. 화실로 되돌아갔다. 문을 열자 돌샘이 화들짝 놀라며 나를 쳐다보았다. 돌샘 앞에는 영진이가 앉아 있었는데 둘의 몸이 너무 밀착되어 있었다. 나는 그 자리에 꼼짝없이 서 있었다. 돌샘이 웃으며 무슨 일이냐고 물었다.

"두고 온 것이 있어서요."

얼른 내 자리로 가 의자에 놓여 있던 파일을 집었다. 영진이와 눈이 마주쳤다. 영진이의 눈빛은 평소와 달랐다. 붉게 상기된 얼굴이 불안해 보였다. 내게 무슨 말을 하고 싶어 하는 것 같았지만 나는 그대로 화실을 나와 버렸다.

계단을 내려와서도 날 보던 영진이의 눈빛이 잊히지 않았다. 몸을 돌려 계단 위를 바라보았다. 계단이 깊고 어두워 보였다.

그날 이후 영진이는 화실에 나오지 않았다. 학교에서도 보이지 않았다. 영진이가 전학을 갔다는 사실을 나중에서야 알게 되었다.

얼마 뒤, 수업을 마치고 나오려는데 돌샘이 내 이름을 불렀다. 돌샘 가까이 가자 내 앞으로 책 한 권을 내밀었다. 에드워드 호퍼의 그림이 곁들어진 에세이였다.

"우주, 에드워드 호퍼 그림 좋아한다고 했지?"

"샘이 어떻게 알아요?"

"지난봄에 고흐 전시회 간 날 지하철에서 말했잖아."

그때가 떠올랐다. 전시를 보러 가는 길, 돌샘이 아이들에게 물었다. 좋아하는 화가가 있느냐고. 나는 에드워드 호퍼의 그림을 좋아한다고 말했다. 그 이야기를 기억하고 있으리라고는 생각하지 못했다.

"어제 서점 갔다가 이 책 보니까 네 생각 났어."

"고맙습니다. 샘."

돌샘은 그림 그리면서 힘든 점이나 어려운 일 있으면 언제든지 편하게 이야기를 하라며, 내 어깨를 다독이고는 자리를 벗어났다.

집으로 돌아와 책을 집었다. 책 중간에 빳빳한 것이 끼어 있었다. 신용카드였다. 카드에는 돌샘 이름이 알파벳으로 새겨져 있었다. 돌샘에게 전화를 걸어 카드에 대해 말했다.

"그게 거기 있었니? 책 사고 서점 카페에서 읽다가 카드를 껴 두었나 보네."

"어떻게 해요?"

"미안한데 지금 화실로 갖다줄 수 있니?"

시간을 확인했다. 밤 10시 14분이었다.

"알겠어요."

화실 문을 열자 돌샘은 수건으로 젖은 머리카락을 닦고 있었다.

"어서 와."

돌샘이 가까이 다가왔다. 물감 냄새가 아닌 풋사과 향이 났다. 나는 카드를 내밀었고 돌샘은 카드를 받아 바지 주머니에 넣었다.

"시원한 주스라도 마시고 가."

돌샘은 탕비실에 들어갔다 나왔다. 얼음이 담긴 사과 주스를 내 손에 쥐여 주며 의자에 앉으라고 했다. 돌샘이 내 옆에 앉았다. 나는 조금 놀랐다. 사과 주스는 내가 제일 좋아하는 음료였다. 그 이야기를 하자 돌샘은 내가 화실에 들어올 때마다 손에 쥐고 있는 사과 주스를 보았다고 했다. 그리고 내 그림의 장점을 이야기했다. 그림은 곧 그 사람이라며 좋은 사람이 아름다운 그림을 그릴 수 있다고 말했다.

"너무 조용하니까 삭막하지?"

돌샘은 휴대폰을 만지작거렸다. 음악이 흘러나왔다. 선이 고운 피아노곡이었다.

"드뷔시의 '달빛'이란 곡이야."

돌샘은 휴대폰에 저장되어 있는 자기 그림을 보여 주었다. 정말 멋진 그림이었다. 나는 돌샘이 계속 그림을 그렸으면 좋겠다고 말했다. 언젠가는 에드워드 호퍼보다 멋진 화가가 될 수 있을 것이라 얘기하자 돌샘이 내 머리카락을 쓰다듬으며 웃었다. 돌샘의 묘한 눈빛과 웃음이 집으로 돌아와서도 계속해서 떠올랐다.

몇 주 뒤 중요한 미술 대회가 있었다. 대회를 앞두고 화실에서 모의 그림을 그렸다. 내 그림을 본 돌샘의 표정이 좋지 않았다. 돌샘은 나만 괜찮다면 수업이 끝난 뒤에도 30분씩 지도해 주겠다고 했다. 그럼 부족한 부분을 채울 수 있을 것이라고. 나는 그림만 잘 그릴 수 있다면 상관없다고 했고 돌샘은 오늘부터 시작하자고 했다.

화실에는 돌샘과 나만 남았다. 둘이 가까이 앉자, 모든 것이 어색했다. 손이 경직되어 평소처럼 그림이 그려지지 않았다. 돌샘은 내 마음이 편해지도록 드뷔시의 '달빛'을 틀었다. 반짝이는 선율과 화폭 위의 선과 색에 기분이 조금 나아졌다. 그 순간 돌샘이 내 옆으로 바짝 붙어 앉았다. 선이나 채색이 부족할 때마다 내 손 위에 자기 손을 얹고 붓을 터치해 나갔다. 내 허벅지에 돌샘의 허벅지가 닿았다가 떨어지기를 반복했다. 돌샘의 팔꿈치가 가슴팍을 건드릴 때도 있었다. 그 느낌이 너무 불편해 티가 나지 않게 자세를 고쳐 앉았다. 돌샘은 일어나더니 내 뒤에서 그림을 보았다.

"아, 거기는 이렇게."

돌샘이 몸을 수그렸다. 등에 돌샘의 가슴팍이 닿았다. 돌샘은 뒤에서 나를 안은 듯한 자세를 취했다. 팔을 뻗어 그림을 수정해 줄 때마다 살결이 스치고 목덜미에 입김이 닿았다. 당장 일어나고 싶었지만 그럴 수가 없었다. 얼른 이 시간이 지나가기만을 바랐다. 돌샘이 나를 위해 시간을 냈는데 별거 아닌 일에 예민해지고 싶지도 않았다. 나는 다른 생각이 들지 않도록 돌샘의 손에 집중했다. 그때 알았다. 돌샘의 엄지손톱 아래 검은 점이 있다는 것을.

일주일 뒤, 나는 최우수상을 받았고 돌샘은 누구보다 기뻐했다. 나는 점점 돌샘에게 의지하게 되었다. 돌샘에게 고마움을 표현하고 싶은 마음에 먹고 싶은 것이 있으면 알려 달라고 했다. 화실에 갈 때 사 가지고 가겠다는 문자를 보냈다. 돌샘은 수업이 끝나고 떡볶이를 사 달라고 했다.

우리는 화실 근처에서 떡볶이를 먹었다. 집으로 돌아가려는데 돌샘이 내 손을 잡았다. 빵집 안으로 들어가 작은 케이크를 사며 화실에서 축하를 하자고 말했다.

화실로 들어오자마자 돌샘은 음악을 틀고 탕비실에서 아메리카노 두 잔을 가지고 나왔다. 고소한 커피 향과 아름다운 선율이 흘러 다녔지만 기분 나쁘게 가슴이 두근거렸다.

돌샘은 케이크에 초를 꽂고 불을 붙였다. 나는 입김을 불어

초를 껐다. 돌샘은 손뼉을 친 뒤, 책 한 권을 내 다리 위에 올려놓고 내 쪽으로 가까이 옮겨 앉았다. 에드워드 호퍼의 다른 화집이었다. 우리는 함께 그림을 보았다. 돌샘의 어깨와 내 어깨가 살짝 닿았다. 손도 닿았고 허벅지도 닿았다. 돌샘이 책장을 넘긴 뒤 한쪽 손을 내 어깨에 올렸다. 그 손은 어깨에서 팔쪽으로 내려가더니 안쪽 살을 쓸어내렸다. 나는 꼼짝할 수 없었다. 돌샘의 다른 손은 내 다리를 만지기 시작했다. 나는 놀라서 자리에서 벌떡 일어서고 말았다.

"우주야 왜 그래?"

돌샘이 일어서며 말했다.

"저, 전……."

돌샘은 내 앞으로 바짝 붙어 섰다. 웃으며 나를 내려다보았다. 그의 손이 내 목덜미를 만지기 시작했다.

"시…… 싫어요."

나는 몸을 빼고 후닥닥, 화실을 빠져나왔다. 집까지 쉬지 않고 달렸다.

그 일이 있고 화실에 나가지 않았다. 처음에는 아프다고 말해서 빠지고 수행평가 핑계를 댔다. 나중에는 무작정 가고 싶지 않다고 우겼다. 엄마는 이유를 물었지만 나는 말할 수 없었다. 내 탓이라고 생각했다. 내 그림 실력이 부족했기 때문에 생긴 일이라고. 나 하나만 조용히 하면 아무 일이 없던 것이 될 테니까. 그러자 떠올랐다. 영진이가 들고 다니던 고흐의 화집이. 화실에서 보았던 둘의 모습이. 나를 향했던 영진이의 눈빛이.

혼자서라도 그림을 그려 보려고 연필을 잡고 드로잉북 앞에 앉았다. 아무 생각 없이 손을 놀리다 정신을 차려 보면 드로잉북은 온통 검은색이었다. 산부인과에서 보았던 초음파 장면처럼. 태양도 별도 달도 없는 우주가 내 앞에 펼쳐져 있었다.

연필과 드로잉북을 볼 때마다 돌샘의 얼굴이, 내 몸에 닿던 살이, 내 목덜미를 감싸 쥐던 손이 생생하게 떠올랐다. 그때마다 나는 연필을 분질렀고 종이를 찢어 버렸다. 모든 것을 엄마가 보지 못하도록 검정 봉지에 담아 가방에 넣어 둔 뒤, 학교 가는 길에 버리곤 했다. 생리가 멈춰 버린 것은 그 무렵이었다.

"우주야, 엄마 왔어."

문밖에서 엄마 목소리가 들려왔다. 나는 일어나 방문을 열었다. 엄마가 내 얼굴을 가만히 들여다보았다.

"얼굴이 왜 그래? 무슨 걱정 있니?"

하고 싶은 말들이 목 위까지 꽉 차올랐지만 그 말들을 뱉어 낼 수는 없었다.

"좀 피곤해서."

"병원 갔다 오느라 힘들었나 보네. 일찍 자. 휴대폰 보지 말고."

엄마는 방으로 들어갔다.

나는 방문을 닫았다. 가슴이 답답했다. 침대에 누워 이불을 머리까지 덮고 눈을 감았다. 영진이와 지수라는 아이의 얼굴이 번갈아 떠올랐다. 몇 번을 뒤척이다가 이불을 차 버리고 몸을 일으켰다.

책상 위에 있는 포스트잇으로 눈길을 돌렸다. 포스트잇의 끝이 헤질 정도로 만지작거렸다. 영진이는 나를 기억하고 있을까. 휴대폰을 잡고 번호를 눌렀다. 연결음이 계속 이어지다가 한참 만에 전화를 받았다.

"여보세요."

영진이의 목소리는 그대로였다.

"여보세요."

영진이가 누구냐고 물었다.

"나, 우주야."

"……."

"나 기억하지?"

영진이는 조용했다. 나는 겁이 났다. 영진이가 전화를 끊어 버릴까 봐.

"응."

영진이의 목소리가 들리자 안도감이 들었다.

"내 번호 어떻게 알아?"

네가 전학 가고 그때 너희 반이었던 아이에게 물어서 알았다고 말했다.

"이 시간에 전화는 왜 한 거야?"

"네가 잘 지내고 있는지 궁금했어."

"갑자기 왜?"

"우리 중학교 때 같은 화실 다녔잖아."

"무슨 말 하는 거야?"

영진의 목소리가 높아졌다.

"나 그때……."

영진이는 조용해졌다. 휴대폰 너머에서 깊은 한숨 소리가 들려왔다. 나도 모르게 눈물이 흘러내렸다.

"왜 갑자기 울고 난리야?"

"나 얘기할 사람이 필요해."

"우주야 울지 마. 울지 말고. 오늘은 너무 늦었으니까 내일 저녁에 만나자. 내가 장소 알려 줄 테니 그리로 와. 알겠지?"

"알았어."

영진이는 전화를 끊었다. 곧 문자가 도착했다.

공원에 있는 나무 아래, 벤치에 앉아서 영진이를 기다렸다. 영진이는 검은색 앞치마를 메고 나타났다. 앞치마에는 여러 색의 물감이 묻어 있었다. 영진이가 옆에 앉자 물감 냄새가 풍겼다. 아주 오랜만에 맡아 본 냄새였다. 영진이 얼굴을 보았다. 그대로였다. 머리카락이 어깨 밑까지 좀 더 자랐을 뿐이다.

"그림을 계속 그리고 있구나."

나는 부러운 마음으로 영진이에게 말했다.

"넌?"

"난 안 그려."

"왜?"

"……."

"돌샘, 그 자식 때문이지?"

"어떻게 알았어?"

"어제 네 전화 끊고 잠이 안 오더라. 네가 했던 얘기가 떠올라서. 어느 순간 정리가 됐어."

나는 영진이 얼굴을 빤히 보았다.

"나도 힘들었어. 그림만 보면 물감 냄새만 맡으면 그 자식 생각나서. 다니다 그만두고 다니다 그만두고 몇 번을 그러다가 내 인생 망치고 싶지 않아서, 너무 억울할 것 같아서 견디고 견디면서 시작했어."

"이사랑 전학은 그 일 때문이었어?"

영진이는 고개를 끄덕였다.

"나 엄마 아빠한테 말했어. 얘기 듣더니 바로 집 알아보고 학교 알아보고. 내가 이렇게 가도 되냐고 했더니, 엄마는 다 잊으라고 했어. 똥이 무서워서 피하냐고 더러워서 피하는 거라고."

"난 아무한테도 말하지 못했어. 그 뒤로 그림은 전혀 못 그리고 있고.”

“그럼 너 답답하다고 날 찾은 거니?”

“그 때문은 아니야.”

나는 영진이에게 지수라는 아이의 인스타그램을 보여 주었다.

“그림 하는 애 같네. 아는 애야?”

피드를 살펴보던 영진이가 물었다.

“아니. 평소에 인스타그램에서 그림을 자주 찾아보거든. 사람들 거 타고 타고 가다가 우연히 발견했어. 세잔 화집, 클래식 피아노곡, 또 이 손.”

“손?”

“엄지손톱 아래 검은 점. 돌샘의 오른손이 확실해. 이 애의 앞치마에 화실 이름이 있어. F동에 있더라. 돌샘이 화실 선생으로 있는 게 아닐까. 지수라는 아이도 나와 같은 일을 겪는 게 아닐까. 네가 고흐의 화집을 받은 것처럼 내가 에드워드 호퍼의 화집을 받은 것처럼 그 아이는 세잔의 화집을 받은 게 아닐까. 드뷔시의 ‘달빛’도 그렇고.”

“그 애랑 나랑 무슨 상관인데?”

영진이의 냉랭한 말은 나를 당황하게 만들었다.

“그러니까……”

“그 앨 도와주고 싶니? 디엠 보내 직접 물어보든가.”

나는 발치를 내려다보았다.

78

"혹시 나랑 같이 이 일을 도모하자고 연락한 거라면 난 싫어. 아까 말했듯이 난 그 일 다 잊었고 그림도 시작했고 잘 살고 있어. 더 이상은 떠올리고 싶지 않아."

나는 고개를 끄덕였다.

"너도 얼른 잊고 잘 살길 빌게. 나, 그만 간다."

영진이는 일어나 그대로 공원 출구로 향했다.

한 시간을 걸어서 집으로 돌아왔다. 오는 내내 생각했다. 내 마음에 대해서. 잊고 싶었다. 상관없이 살고 싶었다. 하지만 지수라는 아이를 완전히 외면할 수 없었다. 나는 그 아이에게 무엇을 확인하고 싶은 걸까. 만약 진짜라면……. 혼자는 두렵고 무서웠다. 영진이는 내 마음을 알아주지 않을까. 서로의 아픔을 누구보다 잘 알고 있을 테니까. 그리고 그날, 내가 영진이를 데리고 나왔다면 영진이도 나도 달라지지 않았을까. 그 생각들로 혼란스러웠다.

어느새 집 앞이었다. 나는 숨을 크게 내쉬고 도어락 번호를 눌렀다. 문이 열리자 엄마가 눈앞에 서 있었다.

"어디 갔다 와? 연락도 안 받고?"

"전화, 했었어?"

휴대폰을 확인했다. 엄마에게 부재중 전화가 세 통이나 와 있었다.

"친구 만나느라 몰랐어. 미안."

나는 신발을 벗으며 말했다.

"무슨 일 있니?"

엄마가 나를 보았다. 걱정 어린 눈빛으로. 마음이 흔들렸다. 엄마에게 말할까 말까.

"없어."

결국 아무 말도 못 하고 방으로 들어왔다. 한참을 멍하니 앉아 있다가 인스타그램을 열어 지수의 계정을 보았다. 메시지 보내기를 누르자 대화 창이 떴다. 빈 화면을 멀뚱히 내려다보다가 앱을 닫았다.

확인하고 싶은 게 있었다. 돌샘이 정말 그 화실 선생인지 아닌지. 떨리는 손으로 학원 이름을 검색하자 홈페이지가 떴다. 학원 선생 프로필을 살폈다. 그곳에 돌샘이 있었다. 나는 휴대폰을 침대 위로 던져 버렸다. 모든 걸 확인하고 나니 진짜 겁이 났다. 씻으라는 엄마의 채근에 세수와 양치만 하고 침대에 누웠다. 그러다 잠이 들어 버렸다.

잠에서 깬 것은 새벽에 울린 휴대폰 벨 소리 때문이었다. 눈을 감은 채 손을 더듬어 침대 머리맡에 있는 휴대폰을 집었다. 숫자가 낯설지 않았다. 영진이의 번호였다. 바로 전화를 받았다.

"너 때문이야. 왜 날 건드린 거니? 잘 살고 있는 나를 어째서! 왜!"

영진이의 목소리가 무섭게 쏟아져 내렸다.

"영진아, 진정해. 진정하고……."

영진이의 목소리는 잦아들었지만 숨소리는 여전히 거칠었다.

"네가 걱정됐어. 나처럼 지금까지 마음이 아프면 어떻게 하나. 그날, 너를 두고 나온 게 미안했어. 나도 피하면 될 줄 알았어. 나만 입 다물고 있으면 괜찮을 줄 알았어. 난 너처럼 강하지 못한가 봐. 모든 게 어려워."

"난 정말 좋아했어. 내가 좋아했기 때문이라고 생각했어. 내 탓이라고 생각했어. 내가 처신을 잘 못 해서 그 사람이 그런 행동을 한 거라고."

"아냐, 네가 아무리 좋아했대도 그래서는 안 되는 거 아니니? 그건 더 나쁜 거야. 네 마음을 이용한 거잖아. 좋아한다는 감정이 함부로 해도 괜찮다는 뜻은 아니잖아."

영진이도 나도 조용했다. 우리는 서로의 숨소리를 들으며, 서로를 기다려 주었다.

"이 일을 크게 만들면 결국, 우리가 당한 게 알려질 거야. 너 감당할 수 있어?"

심장이 철렁, 내려앉았다. 나는 거기까지는 생각하지 못했다.

"사람들은 우리가 행동을 잘못했다고 할 거야. 우리 엄마 아빠도 그랬어. 처음부터 내가 행동을 잘못한 거라고. 늦은 시간에 왜 거기 있었냐고. 부모님도 그렇게 말하는데 다른 사람들도 마찬가지일 거야."

밑바닥으로 떨어졌던 심장이 다시 튀어 올랐다. 가슴이 울

렁거려 견딜 수가 없었다.

"우리 조금만 생각할 시간을 갖자."

내가 영진이에게 할 수 있는 말은 그것이 전부였다.

다음 날, 화방에 들러 연필과 드로잉북을 샀다. 창문을 열고 밤하늘을 보았다. 하늘에 둥근달이 떠 있었다. 달을 그려 보면 어떨까. 드로잉북을 펼치고 연필을 집었다. 그리면서 생각했다. 다시는 지수의 인스타그램을 보지 않을 것이라고.

그림이 완성되었다. 내 앞에 펼쳐진 우주에는 달이 없었다. 별도 태양도 보이지 않았다. 침대에 누웠다. 눈을 감자 영진이가 떠올랐다. 나는 영진이에게 연락하지 않았다. 영진이 역시 잠잠했다.

일주일이 지나고 친구들과 함께 카페에 갔다. 조별 수행평가를 위해서였다. 우리는 아이스크림을 먹으며 사진을 찍었다. 애들은 찍은 사진을 인스타그램에 올리느라 바빴다. 애들이 내게도 어서 올리라고 말했다.

오랜만에 인스타그램에 들어갔다. 사진을 업로드하고 팔로잉한 친구들의 피드에 '좋아요'를 눌렀다. 한 아이가 화장실에 다녀오겠다고 말했다. 나머지 둘도 뒤따라 일어났다.

"난 있을 테니 갔다 와."

나는 아이들을 기다리며 이어서 '좋아요'를 눌렀다. 문득,

지수가 생각났다. 마음이 조마조마했지만 궁금했다. 그 아이의 인스타그램을 확인했다. 변한 것은 아무것도 없었다. 피드는 늘지도 줄지도 않았다.

아이들이 돌아오고 우리는 수행평가 계획을 세웠다. 그사이 해는 지고 밖은 어두워졌다. 우리는 카페를 나왔다. 각자 집으로 학원으로 흩어졌다. 횡단보도 앞에서 신호가 바뀌기를 기다렸다. 지수가 떠올랐다. 주머니에서 휴대폰을 꺼냈다. 빗장이 한 번 풀리자 멈출 수가 없었다. 그 아이의 계정을 확인했다. 그사이 비공개로 전환되어 있었다. 조금 전만 해도 전체공개였는데 어째서 갑자기 비공개로 바뀐 것일까. 왠지 모를 불안함에 가슴이 뛰었다. 초록불이 켜졌지만 횡단보도를 건너지 못했다. 이대로 집으로 돌아갈 수 없었다. 지수가 다니는 화실 위치를 떠올렸다.

'F역 3번 출구 앞.'

나는 택시를 잡았다.

"아저씨 지하철역으로 가 주세요."

영진이에게 전화를 걸었다. 영진이가 전화를 받았다.

"무슨 일이야?"

"지금 F동으로 가는 중이야."

"뭐? 거긴 왜?"

"그 애, 지수 인스타가 이상해. 갑자기 비공개로 바뀌었어. 무슨 일이 생긴 거 아닐까?"

"일은 무슨 일?"

"모르겠어. 일단 만나서 확인을 해야겠어."

"별일 아닐 수도 있잖아."

"그럼 다행이고. 하지만 아닐 수도 있어. 이번에도 모른 척하면 나 너무 힘들 것 같아."

"야, 갈 거면 너 혼자 가지. 전화는 왜 한 건데?"

"몰라. 나도 몰라."

"정말 짜증 나."

"영진아. 그날, 너 모른 척한 거. 정말 나 후회하고 있어."

"……."

"영진아."

"이씨, F역이라고? 알았어. 나도 그리 갈게."

"고마워. 영진아. 거기서 만나."

택시는 지하철역에서 멈추었다. 택시에서 내려 하늘을 쳐다보았다. 검은 하늘에 보름달이 환하게 떠 있었다. 나는 밤의 공기를 크게 들이마시고 역사 안으로 향해 있는 계단을 달려 내려갔다.

붉은 조끼

*

　할머니 방에서는 오래된 냄새가 났다. 환기를 시키기 위해
창문을 열고 벽에 기대앉았다. 갈색 장롱이 눈에 들어왔다. 오
늘은 장롱 안을 청소하기로 했다. 장롱 문을 활짝 열었다. 할
머니 옷들이 어지럽게 쌓여 있었다. 옷들을 꺼내 한쪽에 놓
고 장롱 안을 걸레로 닦았다. 깨끗해진 장롱 속에 옷을 종류
별로 접어 하나하나 넣기 시작했다. 옷걸이에 걸린 붉은색 조
끼가 눈에 들어왔다. 조끼를 바닥에 펼쳐 놓았다. 양쪽 가슴에
'투쟁, 승리'라는 글자가 쓰여 있었다. 조끼를 입고 거울을 보
았다. 내게 딱 맞았다. 그렇다면 할머니에게는 크다는 뜻이다.
조끼를 벗고 제자리에 걸어 두었다.

문밖에서 부스럭거리는 소리가 들려왔다. 방문을 열자 퇴근하고 돌아오신 할머니가 보였다. 지친 표정의 할머니는 날 보자마자 환하게 웃었다.

"왜 거기서 나와?"

"그냥, 방 청소 좀 했어요."

"뭐 하러 해."

"정리만 한 거예요. 밥도 못 해 났는데……."

"괜찮아. 내가 하면 돼."

할머니는 봉지 안에 든 과자와 음료수를 내 앞으로 내밀었다.

"방에 들어가 공부하면서 먹어."

할머니는 장 봐 온 나머지 것들을 냉장고 속에 넣어 두고는 쌀을 씻었다. 나는 할머니 옆으로 다가갔다.

"내가 뭐 좀 도와드려요?"

할머니는 내 얼굴을 빤히 보았다.

"괜찮아. 그냥 들어가 있어."

할머니는 몸으로 나를 밀어냈다. 할 수 없이 과자 봉지를 들고는 방으로 들어왔다.

나와서 밥 먹으라는 할머니의 목소리가 들려왔다. 밥상 가운데 두툼한 돈가스가 놓여 있었다. 돈가스를 젓가락으로 집어 입 안에 넣었다. 할머니는 오물거리는 내 입을 가만히 들여다보았다.

"할머니도 드셔요."

"늦게 뭐 좀 먹었더니 생각 없다."

나는 돈가스 하나를 젓가락으로 집어 할머니 입 속에 넣어 주었다. 할머니의 한쪽 볼이 부풀어 올랐다. 할머니의 볼이 편편해질 때까지 오랜 시간이 걸렸다. 장롱에서 발견한 조끼가 떠올랐다. 투쟁, 승리라는 글자도.

"할미 얼굴을 왜 그리 뚫어지게 봐?"

"아니. 뭐."

할머니는 입 안에 있는 돈가스를 삼키고는, 끙 소리를 내며 일어났다.

"피곤타. 할미 씻고 잘 테니. 남주가 정리 좀 해 줘."

"알았어요."

할머니가 방으로 들어간 뒤 할머니가 앉아 있던 자리로 눈길을 내렸다. 할머니는 매일매일 힘들어 보였다. 그것이 갑자기 늘어난 노동의 양 때문인지 마음의 무거움 때문인지는 알 수 없었다. 나는 할머니에게 도움이 되고 싶어서 집 청소도 하고 먹거리를 준비하기도 했다. 오직 할머니의 무게를 덜어 주고 싶은 마음뿐이었다.

상을 정리하고 방으로 들어와 책상 앞에 앉았다. 힘들어하는 할머니를 생각하면 공부라도 열심히 해야 하지만 뜻대로 되지 않았다. 얼마 전의 사건이 자꾸 머릿속에 떠올랐다.

할머니는 대학교에서 청소 노동자로 일하고 있다. 보름 전

할머니와 함께 일하던 동료 한 분이 돌아가셨다. 그분은 휴게실에서 잠들었다가 깨어나지 못했다. 찜통같이 더운 날씨 탓이었다. 창문도 없던 휴게실에는 선풍기 한 대만 놓여 있었다. 그 사건으로 세상이 떠들썩했다. TV에서 본 그 방 모습이 잊히지 않았다. 화장실과 식사 공간도 분리되지 않은 곳이었다. 할머니도 그분처럼 저곳에서 밥을 먹고, 일을 하고, 휴식을 취했다고 생각하니 화가 났다. 학교 측은 용역 업체의 책임이라는 듯 뒤로 빠져 버렸다.

할머니들은 그날 이후 파업에 들어갔다. 운동장 한쪽에 천막을 치고 매일매일 시위를 이어 나갔다. 나의 할머니는 파업에 참여하지 않았다. 할머니에게 일을 그만두었으면 좋겠다고 말했다. 할머니는 일을 관두면 당장 누가 쌀을 주냐고 했다.

할머니에게 통장을 꺼내 내밀며 말했다. 이 돈으로 생활비를 하면 괜찮지 않겠느냐고. 할머니는 당장 넣어 두라고 화를 낸 뒤 나가 버렸다.

*

초인종이 울렸다. 눈을 뜨니 오전 7시. 아무리 생각해도 이 시각에 올 사람은 없었다. 문밖에서 할머니 목소리가 들려왔다. 거실로 나오자 할머니가 현관문을 열고 있었다. 호박 할머니가 집 안으로 들어왔다. 얼굴 모양이 호박을 닮았다고 해서 붙은 별명이었다. 할머니와 가장 친했던 호박 할머니. 할머니랑 여행도 가고 우리 집에 자주 오셔서 주무시고 가기도 했다. 호박 할머니는 '투쟁, 승리'라고 쓰여 있는 붉은색 조끼를 입고 있었다.

"안녕하세요?"

나는 한 발짝 다가가 인사를 했다.

"에고, 벨 소리에 깼나 보네. 토요일인데 들어가 더 자."

"괜찮아요. 차 드릴까요?"

나는 할머니 눈치를 살피며 호박 할머니에게 물었다.

"내가 할 테니 남주는 들어가 있어."

할머니가 가스레인지 앞으로 다가갔다. 불을 켜고 물 주전자를 올렸다. 나는 방으로 들어왔다. 이불 위에 누웠지만 잠이 오지는 않았다. 일어나 문을 열었다. 문틈으로 할머니와 호박 할머니가 보였다. 두 분은 서먹한 표정으로 서로의 눈을 피한 채 앉아 있었다.

"왜 그러고 있어? 커피 마셔. 진하게 탔어."

나는 할머니의 목소리에 귀를 기울였다.

"내가 왜 왔는지 알지?"

"알지."

"마음 안 변한 거야?"

"미안."

"남의 일 아냐. 너도 나도 당할 수 있는 일이야."

“알아.”

“그런데도 고집이야?”

호박 할머니의 깊은 한숨 소리 뒤에 말이 이어졌다.

“자기가 왜 그런지 알아. 아무리 그래도 그렇지…….”

“알면 가. 헛수고하지 말고.”

할머니 음성은 높은 벽처럼 단단했다. 호박 할머니는 조용했다. 두 분 사이에 팽팽한 기류가 느껴졌다. 심장이 두근거렸다.

“모질고 독한 사람.”

“…….”

싸늘한 호박 할머니의 목소리 뒤에 무거운 정적만이 감돌았다. 잠시 뒤 부스럭대는 잔소음 뒤에 도어락이 닫혔다. 숫자를 열까지 세고 거실로 나왔다. 할머니가 차려 놓은 밥상을 내려다보았다. 된장찌개, 달걀말이, 멸치볶음, 김, 김치 등이 있었다.

“출근한다.”

할머니는 일어나 가방을 들고 밖으로 나갔다.

나는 밥상 앞에 앉았다. 가장 먼저 달걀말이를 집었다. 가운데 햄이 들어 있었다. 입 안에 넣고 꼭꼭 씹었다. 입맛이 없었는데 먹다 보니, 밥그릇 바닥이 드러났다.

호박 할머니가 입에 대지 않은 커피잔이 싱크대 위에 놓여 있었다. 커피를 버리고 잔을 씻어 놓고는 거실 벽에 기대앉았다. 호박 할머니의 싸늘한 얼굴과 딱딱한 목소리가 거실에 남아 있었다. 호박 할머니는 할머니가 기댈 수 있는 친구였는데 그런 친구에게 모진 이야기를 듣는 게 얼마나 마음 아픈 일인지 나는 너무나 잘 알고 있었다.

*

엄마는 보습 학원에서 영어를 가르쳤다. 오후에 출근하고 밤이 되어서야 집으로 돌아왔다. 집에 와서도 새벽까지 수업 자료를 만들었다. 아침에 일어나면 엄마는 소파에서 잠들어 있었다. 나는 엄마가 깨지 않도록 조용히 시리얼을 챙겨 먹고 학교 갈 준비를 했다.

엄마는 고등학교 졸업 뒤 직장 생활을 하면서 야간 대학에서 공부했다. 엄마의 성실함은 항상 빛났다. 하지만 나는 늘 엄마와 함께 있어도 혼자라는 느낌에서 벗어날 수 없었다. 엄마가 곁에 있어도 보이지 않았다. 나 역시 엄마에게 투명한 사람이 아닐까 생각했다.

언젠가부터 엄마가 누워 있는 시간이 점점 길어졌다. 마치, 잠에 빠져드는 병에 걸리기라도 한 것처럼. 잠든 엄마를 보고 있으면 초조한 듯 가슴이 두근거렸다. 그때마다 나는 엄마를 피했다.

어느 날, 학교에서 돌아와 현관문을 여는 순간 맛있는 냄새가 풍겼다. 엄마가 부엌에서 음식을 만들고 있었다. 식탁에는 잡채와 돼지불고기, 나물 반찬 등이 차려져 있었다. 정말이지 아주 오랜만에 엄마와 마주 앉아 밥을 먹었다. 식사를 마치고 엄마는 내 얼굴을 뚫어져라 보았다. 물을 한 모금 마시더니 입을 열었다. 엄마는 병원에 다녀온 이야기를 풀어놓았다. 처음 병원에 간 것은 2주 전이었고 그날 한 검사 결과가 나왔다고 했다. 엄마의 자궁에 혹이 생겼다. 엄마는 수술하기 위해 병원에 입원해야 한다고 담담하게 말했다. 심각한 것이냐는 내 질문에 엄마는 웃으며 아니라고 하며 일주일 동안 나 혼자 집에 있어야 하는데 그럴 수 있느냐고 물었다. 나는 고개를 끄덕였다.

일주일 뒤 엄마는 집으로 돌아왔다. 그리고 며칠 뒤 병원에서 연락이 왔다. 종양의 조직 검사 결과 악성이라는 것이다. 엄마는 항암치료를 위해 집과 병원을 오갔다. 엄마는 학원을 그만두고 집에서 과외를 시작했다.

조용하던 집에 낯선 아이들이 들락거렸다. 엄마는 매일, 하루 종일 집에 있었지만 나는 더 혼자가 된 듯했다. 내 공간마저 상실한 착잡한 기분이었다. 집에 가고 싶지 않았다. 딱히 갈 만한 곳도 없어서 거리를 배회했다. 그러다 힘들면 놀이터 그네에 앉아 쉬곤 했다. 그날은 발을 굴러 그네를 탔다. 그네가 흔들릴 때마다 불안했다. 붙잡고 있을 무엇인가가 필요했다.

"임남주!"

멀리서 목소리가 들려왔다. 놀이터 구석에 있는 정자에 아이들이 모여 앉아 있었다. 그 애들은 소위, 학교에서 무섭게 잘 나가는 아이들이었다. 그중 내 이름을 부른 아이는 초등학교 4학년 때 같은 반이었던 주리였다. 그 애가 그네 쪽으로 다가왔다.

"혼자 뭐 해?"

"보는 대로."

어느새 다른 아이들도 그네 주변으로 모여들었다.

주리는 말도 없이 내 등을 세게 밀었다. 몸이 앞으로 붕 떠올랐다. 놀란 나는 양손에 힘을 꼭 주었다. 주리는 떨어질 리 없으니 걱정 말라며 내 등을 밀었다. 몸이 높이 오를 때마다 어딘가에서 시원한 바람이 불어오는 것 같았다. 마음이 한결 가벼워졌다.

아이들과 놀이터 바닥에 앉아 자연스럽게 이야기를 나누었다. 막상 대화를 하다 보니 주리도 아이들도 평범했다. 아주 오랜만에 혼자가 아니라는 안도감을 느꼈다. 그날 이후, 나는 주리 무리 속에 포함되었다.

주리 입에서 유달리 오르내리는 이름이 있었다. H. 그 이름이 나올 때마다 아이들 입에서는 온갖 욕이 뒤따랐다. H가 주리의 남자 친구를 꼬셔서 주리가 남자 친구와 헤어졌다고 했다. 주리는 언젠가는 H를 밟아 줄 것이라고 말했고 아이들은 주리의 말에 동조했다.

다음 날부터 아이들은 학교 복도에서 H를 볼 때마다 어깨를 툭 치고 지나가거나 노려보았다. 시간이 지날수록 강도는 점점 세졌다. 일주일 뒤, 수업이 끝나고 주리는 H를 공원으로 따로 불러내 면전에 욕을 뱉었다. 다른 아이들도 마찬가지였다. 나는 방관자처럼 옆에 서 있기만 했다. 주리와 아이들은 그런 나에게 아무 말도 하지 않았다. 어쩌면 병풍같이 서 있을 한 명이 필요했는지도 몰랐다. 주리와 아이들은 H의 어깨와 가슴과 허리를 툭툭 쳤다. H는 무표정한 얼굴로 가만히 서 있었다. 겁을 먹은 건 오히려 나였다. 주리와 아이들의 행동이 옳지 못하다는 것을 알았지만 나는 침묵했다. 이 시간만 지나면 된다고 생각했다. 혼자인 것보다는 그 편이 나았다.

그날은 애들이 H를 밟아 줄 날로 정해 둔 날이었다. 무슨 일이 터질 것 같은 불안함에 견딜 수가 없었다. 수업이 끝나고 이동하는 중 나는 주리에게 편한 옷으로 갈아입고 약속 장소로 가겠다고 말한 뒤 집으로 돌아왔다. 현관에서 신발을 벗자마자, 양쪽 팔이 아래로 축, 처진 채로 식탁 위에 엎드려 있는 엄마를 발견했다.

엄마를 흔들었지만 깨어나지 않았다. 무섭고 두려웠다. 바로 119에 전화를 걸었다.

엄마는 응급실에 도착하자마자 기본적인 검사를 하고 수액을 맞은 뒤 깨어났다. 엄마 담당 의사가 심각한 얼굴로 다가왔다. 엄마는 바로 입원했다. 엄마의 과외 수업은 완전히 끝났다. 집은 예전처럼 조용해졌다.

96

그날의 일은 SNS를 뜨겁게 달구었다. 나 역시 SNS로 H의 상태를 확인했다. H의 얼굴은 처참했다. 알아볼 수 없을 정도로 퉁퉁 부어올라 있었다. 입술이 터져서 입가에 피가 고였다. 몸에는 푸르스름한 멍이 번져 있었다.

H는 병원에 입원했고 주리와 아이들은 학교에서 볼 수 없었다. 주리는 퇴학, 다른 아이들은 정학 내지 사회봉사 처분을 받았다.

일주일 뒤 H가 퇴원했다는 소문이 퍼졌지만 학교에는 나타나지 않았다.

아이들은 나를 행운아라고 불렀다. 솔직히 나는 잘 모르겠다. 행운이 어떤 것인지. 엄마 몸이 급격히 나빠지지 않았다면 나 역시 그곳에 있었을 테고 폭력의 가담자가 되었을 거다. 최소한 정학이라는 벌을 받았겠지. 그러한 관점에서 분명 나는 행운아일지 모른다. 하지만 엄마는 삶과 죽음의 경계에 놓여 있다. 아니 죽음에 더 가까이 있다. 정말 나는 행운아일까. 의문은 점점 깊어졌다.

갑자기 세상이 조용해지고 다시 혼자가 되었지만 더 이상 거리를 배회할 필요가 없어졌다. 나는 고요한 집에서 투명한 존재처럼 지냈다.

얼마 뒤, 수업이 끝나고 집으로 가는 길에 주리로부터 문자가 날아왔다. 휴대폰 화면에는 '남주야 보고 싶다.'라고 쓰여 있었다. 눈, 코, 입이 뭉개진 H의 얼굴이 떠올랐고 가슴이 기분 나쁘게 두근거렸다. 숨이 턱, 막혀 왔다. 휴대폰을 가방에 집어넣고 걸음을 빨리해 집으로 향했다.

다음 날, 주리에게 전화가 걸려 왔다. 받을까 말까, 망설이다 결국 받지 않았다. 하지만 계속해서 벨이 울렸고 나는 전화를 받을 수밖에 없었다.

"남주야. 잘 지냈니?"

주리 목소리는 생각보다 밝았다.

"응."

"나, 너희 집 앞이야."

베란다로 나가 아래를 내려다보았다. 주리가 위를 쳐다보고 있었다. 내려가 주리를 만났다. 그 아이는 엄마에 대해 알고 있었고 나를 위로했다. 과거 자신의 행동이 얼마나 어리석었는지, H에게 크나큰 잘못을 저질렀으며 뒤늦게야 후회한다고 말했다. 지금은 검정고시 학원에 다니며 공부하고 있고 새로운 사람이 되고 싶다고 했다. 혼자인 주리가 안쓰러웠다. 다시 시작할 수 있다고, 힘주어 말해 주었다. 주리는 환하게 웃었다.

주리는 매일 집으로 찾아왔다. 조용한 집은 주리로 인해 활기를 되찾았고 나도 웃을 수 있었다.

엄마는 내게 병원에 와 달라고 했다. 하지만 어떤 날은 거짓말을 하고 일부러 가지 않았다. 엄마 몸은 좀처럼 나아지지 않았다. 살도 빠지고 쇠약해졌다. 엄마가 힘들어하는 모습이 마음 아프면서도 보고 싶지 않았다. 엄마가 곧 떠나리라는 것을 알고 있었다. 나는 혼자가 되는 것이 무섭고 싫었다.

그때마다 주리를 찾았는데 주리는 조금씩 예전의 모습으로 돌아가고 있었다. 검정고시 학원에 있는 아이에 대한 험담과 욕설은 물론이고, 언젠가는 자기 앞에 무릎을 꿇게 하겠다고 엄포를 놓았다. 자기가 계획한 모든 것에 내가 함께하길 바랐다. 그런 주리에게 실망했지만 애써 말하지는 않았다. 주리로부터 달아나야 한다는 걸 알았지만 벗어날 수가 없었다. 그런 내 앞에 할머니가 나타났다.

엄마를 만나러 병원을 찾았을 때였다. 엄마와 어색하게 앉아 있는데 낯선 할머니가 노크를 하고 들어왔다. 엄마는 할머니에게 엄마라고 불렀다. 엄마의 엄마, 그렇다면 내게는 외할머니. 뭔가 이상하다고 생각했다. 내가 알기로 엄마는 어릴 때 보육원에서 자랐기 때문이다. 만약 엄마가 진짜 엄마를 만났다면 내게 아무 말도 하지 않았을 리가 없다. 할머니는 엄마를 보자마자 꽉 끌어안았다.

할머니는 엄마가 보육원에 있을 때 선생님이었다고 했다. 엄마가 만 열여덟 살이 되어 보육원을 나와야 했을 때 할머니가 엄마를 양녀로 삼았다고. 엄마는 할머니 집에 들어갔지만 한 달 뒤 가출을 했다. 할머니의 남편 때문이었다. 그 남자가 엄마 몸에 손을 댔다. 할머니는 말도 없이 나간 엄마를 찾으러 다녔다. 한 달이 지나서야 엄마는 할머니에게 연락했고 할머니는 그제야 엄마가 집을 나간 이유를 알게 되었다. 할머니는 눈물을 흘리며 엄마에게 사죄했다. 엄마는 할머니를 좋아하면서도 떠날 수밖에 없었다.

그 이후로 할머니는 그 남자와 이혼했다. 지금까지 혼자 살면서 엄마를 수소문하고 다녔지만 도무지 찾을 수가 없어 하염없이 엄마의 연락을 기다릴 수밖에 없었다고 했다.

나를 혼자 두고 세상을 떠나는 것을 염려한 엄마의 머릿속에 떠오른 사람은 할머니뿐이었다. 시간이 너무 많이 흘러 휴대폰 번호가 바뀌었을 것이라 생각했는데 바로 연결이 되었던 것이다. 이상하게 이 모든 사실을 알게 된 뒤부터 엄마가 보이기 시작했다. 엄마는 할머니와 함께 있을 때면 아이 같은 표정을 짓곤 했는데, 코를 찡그리며 웃는 모습이 나와 닮은 듯했다.

할머니는 종종 어린 시절의 엄마에 대한 이야기를 해 주었다. 보육원 뒤에는 커다란 나무가 있었는데 엄마가 나무를 타고 올라가서 내려오지 못해 곤욕을 치렀다고 했다. 옷장 속에 숨어 있다가 잠이 든 엄마를 밤새 찾느라 혼을 빼기도 했다고. 엄마는 나도 옷장 속을 좋아했다고 했다. 다섯 살 때, 일을 하다가 내가 보이지 않아서 집 안을 샅샅이 살핀 적이 있었는데 옷장 안에 잠들어 있었다고 했다. 이야기를 들을수록 나는 엄마와 연결되어 있는 존재였고 엄마와 함께했던 과거와 현재의 시간 속으로 온전히 빠져들었다. 하지만 우리에겐 시간

100

이 얼마 남지 않았다.

수업이 끝난 뒤 매일 엄마와 시간을 보냈다. 병원 주변을 산책하고 드라마나 개그 프로그램을 같이 보았다. 과일을 깎아 나누어 먹고 좁은 침대에서 비스듬히 누워 잠을 잤다. 잠결에 엄마의 품속으로 파고들었다. 뼈가 닿는 마른 몸이었지만 어린 시절에 맡았던 엄마 향기를 찾을 수 있었다. 엄마는 내 머리와 등을 어루만지며 자장가를 불러 주었다. 우리는 평범하지만 찬란한 시간을 보냈다. 그리고 한 달 뒤 엄마는 세상을 떠났다.

엄마의 유언대로 집을 정리했다. 얼마 안 되는 돈이지만 할머니는 내 통장에 그 돈을 넣어 주었다. 엄마와 살던 집을 떠나 할머니 집으로 이사하던 날, 엄마의 온기가 남아 있는 집에서 한동안 꼼짝할 수 없었다. 그리고 그날, 주리가 찾아왔다.

그 아이와 마주 서 있는데 기시감이 느껴졌다. 오래전, 후회와 반성을 털어놓았던 그날과 똑같은 표정을 짓고 있었다. 주리는 검정고시 학원에서 거슬렸던 그 아이와 붙었다고 했다. 나는 이어지는 주리의 말을 중단시켰다. 그리고 다시는 찾아오지도 말고 전화도 하지 말아 달라고 당부했다. 주리는 울먹이며 내 손을 잡았다. 그 아이의 차가운 손을 뿌리치고 돌아섰다. 등 뒤에서 내 이름을 부르는 주리의 목소리가 들려왔지만 돌아보지 않았다. 나는 휴대폰 번호를 바꾸고 모든 SNS 계정을 삭제했다.

며칠 동안은 잠을 이룰 수 없었다. 밤새 뒤척이다가 목이 마르거나 화장실에 가기 위해 거실로 나오면 그때마다 할머니의 울음소리가 들렸다. 내 앞에서 늘 웃는 얼굴을 보였던 할머니가 숨죽여 눈물을 흘리고 있었다. 슬픔에는 전염성이 있는지 간신히 억누르고 있던 무엇인가, 울컥 치밀어 오르며 눈물이 쏟아져 내렸다.

엄마의 부재에 대한 슬픔은 사라지지 않았지만 눈물의 빈도는 서서히 줄어들었고 참을 수 있는 힘도 생겼다. 하루하루를 살아 내며 시간에 대해 생각했다. 시간의 품은 넓고 깊어서 상처를 보듬어 주는 힘을 지니고 있는 듯했다.

그럼에도, 가끔은 망망대해에 혼자 있는 아득한 기분이 밀려들곤 했는데 그럴 때마다 할머니는 내 손을 잡아 주었다. 차츰, 무엇인가 살아나고 자라는 듯한 기분이 들었다. 그렇게 2년이라는 시간이 지났다.

*

할머니의 일터에서 그 끔찍한 사건이 일어난 뒤, 나는 당연히 할머니가 그들과 함께할 것이라고 생각했다. 할머니는 충분히 그럴 만한 사람이었다. 내가 염려했던 것은 불편한 천막에서 견뎌야 하는 할머니의 건강이었다. 하지만 할머니는 파업에 참여하지 않았다.

얼마 전 드라마에서 주인공이 했던 대사가 떠올랐다. 그녀는 기회비용에 대해 말했다. 한 가지를 얻으면 다른 한 가지는 포기해야 한다. 가장 좋아하는 것을 선택할 것인가, 아니면 두려운 것을 피하는 것을 선택할 것인가. 그 대사를 듣자마자 내가 가장 두려워하는 것이 무엇인지 떠올랐다. 혼자 남는 것이다. 할머니는 나를 잃는 것이 무서워 좋아하는 것보다는 두려운 것을 피하는 선택을 한 것이다.

할머니에게 전화가 왔다.

"오늘은 좀 늦어. 남주야, 혼자 저녁 챙겨 먹을 수 있지?"

"그럼요."

나는 할머니 방으로 들어왔다. 그냥, 그러고 싶었다. 대자로 누워 있다가 장롱 문을 열었다.

옷걸이에 걸어 두었던 붉은 조끼가 보이지 않았다. 할머니를 기다렸다. 할머니는 오지 않았다. 밖으로 나와 골목 어귀에 있는 편의점 앞에 앉아 음료를 마시며 할머니가 걸어 올라오는 골목을 바라보았다. 한참을 있어도 할머니는 오지 않았다. 마냥 이렇게 있을 수만은 없어 할머니의 일터인 대학교로 향했다.

정문에서 오른편, 구석에 천막이 보였다. 그곳에서 불빛이 새어 나오고 있었다. 붉은 조끼를 입은 할머니들이 모여 앉아 구호를 외치고 있었다. 그들 속에서 할머니를 찾았지만 어디에서도 할머니는 보이지 않았다. 붉은 조끼를 들고 나간 것이 분명했다. 그렇다면 여기밖에 올 곳이 없다고 생각했는데…….

되돌아가기 위해 몸을 돌렸다. 멀리, 나무 아래 앉아 있는 누군가가 눈에 들어왔다. 그곳으로 발길을 옮겼다. 할머니였다. 할머니는 붉은 조끼를 입고 수풀이 우거진 나무 아래 앉아 있었다. 할머니의 시선은 다른 할머니들이 모여 있는 천막을 향해 있었다. 할머니의 눈에서는 엄마와 나를 찾아왔을 때처럼 빛이 나고 있었다.

나는 뒤로 천천히 물러섰다. 할머니 눈에 띄지 않기 위해서. 그것이 할머니의 뜻을 존중해 주는 일이라 생각했다.

우리는 얼마나 나약한 존재들인가. 어른이 되면 모든 것이 완성될 줄 알았다. 그렇지 않다는 것을 엄마를, 할머니를 통해 나는 알 수 있었다. 그래서 우리는 언제나 서로에게 관심을 기울이고 서로를 보듬어 주어야 하는 존재다.

집으로 돌아와 할머니를 기다렸다. 할머니가 좋아하는 피자 토스트를 만들기로 했다. 할머니는 내가 만든 것을 특히 좋아했다. 식빵 위에 토마스 소스를 바르고 야채를 다져 뿌린 뒤 치즈를 올려 에어프라이어에 돌리면 끝이다. 에어프라이어가 작동하는 동안 할머니의 마음을 더듬어 보았다. 할머니의 진심을 가로막고 있는 것에 대해서도.

할머니는 자정이 가까이 되어서야 돌아왔다. 할머니가 입고 있는 옷에 눈이 갔다.

"안 잤어?"

"할머니 기다렸어요. 저녁은 드셨어요?"

"응. 조금."

"피자 토스트 드실래요? 좀 전에 만들었는데."

"그럴까?"

"차려 드릴게."

할머니가 방에서 옷을 갈아입고 나왔다.

할머니가 피자 토스트를 먹는 모습을 바라보다 말문을 열었다. 할머니에게 내 이야기를 털어놓았다. 그중에는 주리와의 이야기도 있었다. 할머니는 내 이야기를 담담하게 들어 주었다. 내가 나를 지킬 수 있었던 것은 할머니 때문이었다. 이제는 혼자인 것도 두렵지 않았다. 할머니도 엄마에게 미안해서, 그걸 갚으려는 마음이 있다면 덜어 냈으면 좋겠다.

"나는 할머니가 좋아하는 사람들이랑 할머니 뜻대로 행동했으면 좋겠어요. 엄마도 나도 그것 때문에 할머니를 미워하지 않을 거예요. 절대로. 할머니를 지키는 게 날 지키는 거야."

할머니는 들고 있던 토스트 조각을 내려놓고는 내 손을 꼭 잡았다. 양팔로 나를 감싸 안아 주었다. 할머니 품속은 무척이나 깊고 따뜻했다.

바람에 닿다

*

　엄마 아빠가 마트에서 장을 보는 동안 나는 차 안에 있기로
했다. 창문을 열어 둔 채 책을 펼쳤다. 창틈으로 바람이 불어
왔다. 바람 속에는 야릇한 비린내와 쌉싸름한 나무 향이 배어
있었다. 코를 킁킁거리며 냄새를 빨아들이자 책을 쥐고 있던
손에서 스르르 힘이 풀렸다. 바람이 불어오는 곳으로 고개를
돌렸다. 어둠의 세상에 뿌연 안개가 깔려 있었다. 제주도의 첫
인상이었다.
　얼마 전 아빠가 맡고 있던 건설 현장의 일이 끝나면서 일주
일의 휴가가 생겼다. 아빠는 느닷없이 4박 5일의 제주도 여행
을 계획했다.

아빠는 지방 건설 현장에서 오랫동안 일을 했다. 주말에 서울 집에 올라왔다가 월요일 새벽에 다시 지방으로 내려갔다. 아빠는 평소 가족들과 시간을 보내지 못하는 것을 늘 미안해했다. 그래서인지 이번 기회를 놓치고 싶지 않은 듯했다. 아빠 마음을 누구보다 잘 알고 있던 엄마는 아빠 뜻을 따라 휴가를 냈다.

엄마는 4박 5일 동안 매 끼니를 사 먹을 수는 없다고 했다. 아빠는 오전에 나가서 관광을 충분히 하고 6시에는 펜션으로 돌아와야 한다고 말했다. 사람이 없는 곳에서 조용히 밤바다를 보며 맥주를 마셔야 한다고. 엄마 아빠 이야기를 들으면서 그것들을 왜 꼭 제주도까지 가서 해야 하는지 의문이 들었지만 엄마 아빠의 설렘 가득한 목소리에 찬물을 끼얹고 싶지는 않아 잠자코 있었다.

여행을 가기 위해서는 현장 학습 신청서를 작성해 학교에 제출해야 했다. 고등학생에게 현장 학습은 부담스러운 면이 있었다. 학교는 물론이고 학원도 빠져야 하기 때문이다. 빠진다고 해서 해야 할 일들이 사라지는 것은 아니다. 휴가가 끝나면 어떻게 해서든지 채워 넣어야만 했다. 부담감과 왠지 모를 불안을 덜어 내기 위해서 여행 가방 안에 고등학생 필독도서 한 권과 독서기록장을 넣었다.

"오래 기다렸지?"

아빠 얼굴이 창문 안쪽으로 불쑥 들어왔다. 놀란 나는 들고 있던 책을 떨어뜨리고 말았다.

"무슨 장난이 그래?"

밖에서 엄마의 핀잔이 들려왔다. 아빠는 창밖으로 고개를 빼고는 허허허, 웃었다. 아빠는 장 본 것을 차 트렁크에 싣고는 운전석에 앉았다. 엄마도 이어 차에 올랐다. 아빠는 펜션에 전화를 걸어 도착 예정 시간을 알려 준 뒤 시동을 걸었다.

해변 도로에 서 있는 가로등 덕에 어둠 속에 묻혀 있던 펜션의 윤곽이 흐릿하게 드러나 있었다. 멀리 수평선에는 오징어 배들의 불빛이 넘실거렸다. 구분하기 어려운 바람과 파도 소리가 가득한 곳이었다. 여행 전 아빠가 보여 준 한낮의 펜션 건물과 파란 하늘을 담은 사진을 떠올렸다. 펜션 뒤편에 펼쳐져 있던 좁은 산책 길도.

우리가 차에서 내리자 누군가 차 쪽으로 다가왔다.

"어서 오십시오. 2호실 예약하신 분들이죠?"

"네 맞습니다."

아빠가 힘 있게 대답했다.

"이쪽으로 오세요."

펜션 주인아저씨는 우리가 지낼 곳을 안내해 주었다. 아저씨는 열쇠로 1층 문을 열고 안으로 들어갔다. 우리 가족도 아저씨를 뒤따랐다. 거실의 통면 유리창으로 밤바다가 한눈에 들어왔다. 창문을 열면 바로 테라스와 연결이 되어 있었다. 그곳에 벤치와 탁자가 놓여 있었다.

주인아저씨는 열쇠와 수건을 주며 편하게 지내시라고 말한 뒤 밖으로 나갔다.

"얼른 밥부터 먹자."

엄마 말에 아빠와 나는 짐을 한쪽에 몰아 놓고 포장해 온 전복죽과 물회를 식탁에 펼쳤다. 맥주를 마실 거냐는 엄마 목소리에 아빠는 맥주는 바다를 안주 삼아 마셔야 제맛이라고 호기롭게 말했다.

식사를 마친 뒤 아빠는 엄마와 함께 테라스로 나갔다. 맥주 두 캔과 마른안주를 가지고. 엄마 아빠는 바다를 마주 보고 자리를 잡았다. 나는 거실 소파에 누워서 책을 펼쳤다. 한 장을 채 읽지 못하고 창밖으로 눈길이 갔다. 주인아저씨가 엄마 아빠에게 다가와 있었다. 무엇인가를 건네며 몇 마디를 나누고 돌아섰다. 책으로 시선을 내리자 엄마는 춥다며 겉옷을 가지러 안으로 들어왔다. 엄마 손에 무엇인가가 들려 있었다.

"뭐예요?"

"비누. 주인아저씨가 써 보라고 줬어. 손님한테 싸게 준다고. 필요하면 말하래."

뜬금없다고 생각했다. 비누가 제주도 특산물도 아니고.

"상술에 넘어가지 마요, 엄마."

"알았어. 이건 욕실에 둘게."

엄마는 트렁크 안에서 겉옷을 꺼내 들고 밖으로 나갔다. 나

112

는 테라스로 고개를 돌렸다. 아빠는 꼼짝 않고 바다를 바라보고만 있었다.

＊

다음 날. 아침 일찍 눈이 떠졌다. 거실로 나오자 엄마가 커피를 마시고 있었다.

"아빠는요?"

"아직, 꿈나라. 좀 더 있다 깨우려고."

"배고픈데."

"먼저 먹어. 엄마는 아빠 일어나면 같이 먹을게."

냉장고를 열고 우유를 꺼냈다. 시리얼을 그릇에 담고 우유를 부었다. 식탁 앞에 앉아서야 유리창 너머 바깥세상이 눈에 들어왔다.

어둠이 걷힌 바다와 하늘은 경계가 모호한 파란색을 띠고 있었다. 바삭거리는 시리얼을 좋아하는 나는, 시리얼이 우유에 푹 젖어 들고 있다는 것도 잊은 채 빛이 머무는 잔잔한 바다를 넋 놓고 바라보았다.

"아름답지?"

엄마 말에 웃으며 시리얼을 떠서 입 안에 넣었다. 이상하게 숟가락질이 빨라졌다.

밖으로 나오자 파도와 바람 소리가 섞여 들려왔다. 하늘과

바다, 바람은 청량했다. 철썩철썩, 파도가 밀려와 바위에 부딪히며 하얀 포말이 일었다. 모든 것의 조화가 아름다웠다.

"뒤에 있는 산책 길 가 볼까?"

언제 나왔는지 옆에서 엄마 목소리가 들려왔다.

엄마와 나는 나란히 서서 천천히 걸었다. 그리고 동시에 한 나무를 바라보았다. 초록색 이파리 군데군데 하늘색 리본이 매달려 있는 나무였다. 리본은 잔잔한 바람결을 따라 머물 듯 말 듯 미묘한 형태로 흘러 다녔다. 우린 나무에서 시선을 거둘 수 없었다. 황홀한 눈빛으로 리본을 보던 엄마가 말문을 열었다.

"저 나무도 관광 상품 같은 건가? 그 얘기 생각난다. 나무에 노란 손수건을 매달아 놓고 사랑하는 사람을 기다리던 이야기. 저기 앉을까?"

엄마가 가리킨 곳에는 낮은 통나무 의자 두 개가 나란히 놓여 있었다. 엄마와 나는 하나씩 차지하고 앉았다. 의자라고 하기에는 높이가 낮아서 바닥에 앉아 있는 기분이었다. 우리는 고개를 든 채 바람에 날리는 리본을 하염없이 보았다. 몇 가지 궁금증이 일었다. 누가 저 높은 곳까지 리본을 매달아 두었을까. 사다리를 놓고 올라갔을까. 그렇게까지 해서 리본을 매달아 둔 이유는 무엇일까. 계속 보다 보니 리본에 닿아 있는 바람의 형태가 보이는 듯했다. 리본을 통해서 자신의 존재감을 드러내고 있는 바람의 몸짓이 애틋하게 느껴졌다.

114

"재아야, 엄마 좀 찍어 줄래?"

엄마는 나무 기둥에 어깨를 기대고 섰다. 하늘색 리본과 엄마가 휴대폰 화면에 잘 잡히도록 구도를 잡고 사진을 찍었다.

펜션으로 돌아오자 샤워를 마친 아빠가 욕실에서 나왔다.

"어디 다녀와?"

"재아랑 산책."

"그래? 어제, 주인아저씨가 준 비누 말이야. 향이 좋던데?"

"그치? 나도 씻으면서 느꼈는데……. 시리얼 괜찮아?"

"응."

엄마와 아빠는 식탁에 마주 앉았다.

나는 씻기 위해 욕실 안으로 들어왔다. 비누에 먼저 눈이 갔다. 영롱한 노란빛을 띤 비누 안에는 국화꽃처럼 작은 꽃잎이 부풀어 있었다. 코를 가까이 대자 은은한 귤 향이 풍겨 나왔다. 물을 묻혀 거품을 내 보았다. 시중에서 파는 것보다 거품은 적었지만 좀 더 맑은 느낌이었다. 촉감도 크림처럼 부드러웠다. 작은 거품이 몽글몽글 쌓인 손등을 형광등 가까이 대보았다. 투명한 내막 속에 무지개 빛깔이 아른거렸다.

욕실에서 나오자 엄마가 화장을 고치고 있었다. 여행을 위해 특별히 산 연두색 원피스가 침대 위에 놓여 있었다. 아빠가 입을 초록색 티셔츠와 나란히. 엄마 아빠는 진심으로 이 순간을 즐기는 것 같았다. 엄마는 날 보자마자 손수건을 챙기

라고 말했다. 머리카락이 긴 이유도 있었지만 다른 아이들보
다 머리에 땀이 많은 편이었다. 더워지기 시작하면 엄마는 서
랍 속에 손수건을 차곡차곡 쌓아 두었다. 여행 때도 잊지 않
고 챙겨 왔다.

나는 방으로 돌아와 외출 준비를 시작했다. 옅게 화장을 하
고 옷을 갈아입고 마지막으로 손수건을 바지 주머니에 넣었
다. 책을 챙기는 것도 잊지 않았다.

아빠는 일부러 해안 도로를 따라 운전했다. 목적지까지 가
는 데 시간이 더 걸리는 대신 바다를 볼 수 있다고 말하며. 아
빠는 잠시 에어컨을 끄고 창문을 열었다. 바람이 불어왔다. 아
빠는 바람결에 맞춰 휘파람을 불었다. 나는 책을 펼쳐 읽어
나갔다.

어느새 천지연 폭포 입구에 도착했다. 우리는 아이스크림을
하나씩 들고 잘 닦인 산책로를 걸었다. 맑은 물줄기를 따라서
안쪽으로 들어가자 폭포 소리가 들려왔다. 진한 초록색 물웅
덩이 속으로 거친 포말이 떨어져 내리고 있었다. 사람들은 셀
카봉을 들고 폭포를 배경으로 사진과 동영상을 찍었다. 엄마
아빠도 그들 속으로 들어갔다. 아빠는 내게 이리 오라고 손짓
했다.

"당신이 찍어 줘."

아빠는 휴대폰을 엄마에게 건네주고는 내 어깨에 손을 올

렸다. 손을 앞으로 내밀며 엄지척을 해 보였다. 내게도 해 보라며 어깨를 가볍게 두드렸다. 나도 엄지손가락을 치켜올렸다. 어디까지나 아빠를 위해서. 아빠와 엄마가 사진을 찍는 동안 주변을 둘러보았다. 폭포도 멋지고 공기도 맑고 아이스크림마저 달콤했다. 하지만 마음 어딘가에는 불편한 감정이 돌돌 말려 있었다. 똬리를 튼 마음은 좀처럼 풀리지 않았다.

"갈까?"

엄마와 아빠는 팔짱을 끼고 앞서 걸었다.

다음 코스는 제주 시내에 있는, TV에도 나온 고기국숫집이었다. 엄마가 특별히 먹고 싶어 하던 음식이었다.

가게에 도착하니 사람들 줄이 길게 이어져 있었다. 우리는 번호표를 받고 30분을 기다린 뒤 자리를 잡았다. 밖에 늘어선 긴 줄을 보니 왠지 모를 압박감이 밀려들었다. 우리는 흡입하듯 국수를 먹고 밖으로 나왔다.

이번에는 엄마가 운전석에 앉았다.

"한라산으로 안내할게요."

나는 미소를 지으며 창밖을 내다보았다. 제주 시내는 서울의 여느 도시와 다르지 않았다. 대형 마트가 있었고 프랜차이즈 카페나 눈에 익은 음식점들이 곳곳에 흩어져 있었다. 간간이 보이는 돌하르방이 아니었다면 제주도라는 것을 잊을 정도로 익숙했다. 이곳을 찾는 사람들 역시 여행의 규칙이 있는 것처럼 유명한 맛집이나 장소를 찾아 나섰다. 새로움과 안

정감을 동시에 느끼고 싶어 하는 듯. 충분히 공감이 가는 마음이었다. 그런데도 내가 이곳에 완전히 동화될 수 없는 것은 하루하루를 소홀히 할 수 없는 고등학생이기 때문이라는 생각이 들었다.

산에서 내려온 우리는 저녁으로 흙돼지 구이를 먹고, 펜션으로 향했다.

엄마 아빠는 차 안에서 내일 일정에 대해 이야기를 나누었다. 성산 일출봉과 섭지코지로 정한 뒤 침묵이 이어졌다. 나는 책을 펼쳤다. 생각보다 많이 읽지 못했다. 여기 있는 동안 한 권을 다 읽는 게 목표인데.

펜션에 도착하자 불그스름한 노을이 건물 뒤쪽 하늘에 펼쳐져 있었다. 주차장에는 우리 차밖에 없었다. 다른 여행객들은 아직 돌아오지 않은 것이다.

아빠는 어제처럼 바다를 바라보며 맥주를 마셨다. 고정되어 있는 아빠의 뒷모습이 앞을 가로막는 벽처럼 느껴졌다. 답답함을 해소하고 싶었다. 찬물로 샤워를 하고 나면 괜찮지 않을까.

씻고 나와서 소파에 누워 책을 읽어 나갔다. 손에 남아 있는 청량하면서 달콤한 향이 코끝에 닿았다. 그 순간 바람에 날리던 하늘색 리본이 떠올랐다. 펼친 책을 가슴팍에 올려놓고 눈을 감았다. 시간이 지났는데도 흔들리는 푸른색 이미지는 사라지지 않았다.

＊

　해가 저무는 때의 산책 길은 톤이 낮은 파랑과 초록 사이 어디쯤의 색을 띠고 있었다. 길에서는 약간의 한기와 고즈넉함이 느껴졌다. 하늘색 리본은 새의 긴 꽁지가 파르르 떨리듯 수평으로 날리고 있었다.

　커다란 사람의 실루엣이 리본이 매달린 나무 사이를 지나는 것이 보였다. 그 사람은 나를 보자마자 재빨리 나무가 우거진 쪽으로 숨어 버렸다. 나는 제자리에서 꼼짝 않고 서 있었다. 그 사람은 어째서 도망치듯 사라졌을까.

　주변을 살피며 나무 가까이 다가섰다. 통나무 의자에 앉아 점을 찍듯 리본 하나하나를 살펴보았다. 가장 위에 있는 리본이, 한쪽이 풀어진 채로 휘날리고 있었다. 멈추지 않는 바람에 리본은 완전히 풀려 아래로 내려앉더니 아슬아슬하게 나뭇가지에 걸렸다. 나는 일어서서 발끝을 세우고 손을 뻗었다. 아무리 애를 써도 닿지 않았다. 나무 위로 올라가면 가능할 것 같았다.

　맨손으로 나무를 탔다. 1미터 정도 올랐을 뿐인데 손바닥도 아프고 팔과 다리에 힘이 풀렸다. 더 이상 올라가지도 내려가지도 못한 채 버티고 있다가 잠깐 숨을 몰아쉰 사이 그대로 바닥으로 고꾸라지고 말았다. 쿵, 소리와 함께 오른쪽 다리가 너무 아팠다. 나는 그 자리에서 꼼짝할 수 없었다. 통증이 가라앉은 뒤에야 겨우 몸을 일으켰다. 오른쪽 발이 땅에 닿자 아픔이 허리까지 밀고 올라왔다. 다리를 절룩이며 간신히 산책 길을 빠져나올 수 있었다.

"재아야!"

멀리서 엄마 목소리가 들려왔다. 고개를 돌리자 엄마와 아빠가 내 쪽으로 다가오고 있었다.

"다리 왜 그래?"

"좀 다쳤는데 괜찮아요."

"괜찮긴, 절룩이면서."

엄마 아빠가 연이어 말했다.

나는 엄마 아빠에게 부축을 받으며 펜션 안으로 들어왔다.

엄마는 트렁크에서 상비약을 챙겨 나왔다. 오른쪽 다리, 종아리 아래쪽에 찰과상이 있었다. 아빠가 연고를 바르고 난 뒤 여기저기를 누르며 아픈 곳을 찾았다. 정강이 옆쪽이 가장 통증이 심하다고 말하자 아빠는 그곳에 로션형 파스를 바르고는 물과 진통제를 챙겨 주었다.

"더 심해지면 어쩌지?"

엄마가 걱정 가득한 얼굴로 묻자 아빠는 일단 내일까지 기다려 보자고 말했다.

엄마 아빠 도움을 받아 방으로 들어온 뒤 침대에 누웠다. 결국, 내 실수였지만 화가 나는 건 어쩔 수 없었다. 일이 단단히 꼬인 것 같아 짜증이 났다. 그런데도 풀어진 리본이 자꾸 떠올랐다. 사라져 버린 그 사람도.

다음 날, 엄마 아빠는 일어나자마자 내 다리부터 살폈다. 파스 바른 곳이 부어 있었다. 움직일 때마다 아팠다.

"안 되겠다. 병원부터 가자."

아빠가 급하게 말했다.

"아니에요. 난 펜션에 있을 테니 엄마 아빠는 여행 다녀오세요."

"혼자 어쩌려고?"

엄마가 거들었다.

"살살 움직이면 돼요. 저 때문에 여행 망치는 거 싫어요."

그 마음은 진심이었다.

엄마 아빠를 보내고 혼자 남았다. 거실 소파에 앉아 창밖을 내다보았다. 다른 방에 묵고 있는 사람들도 펜션을 떠났는지 주차장은 텅 비어 있었다.

낮의 펜션은 아득하기만 했다. 다리 위에 책을 펼쳐 놓았지만 좀처럼 책장이 넘어가지 않았다. 이런 정체된 시간을 견디는 건 늘 어려웠다. 점점 뒤로 밀리는 기분에 휩싸였기 때문이다. 그런 마음에서 벗어나기 위해 책을 잡았다.

어느 순간 책 속으로 빠져들었다. 삼 분의 이까지 읽었을 때 마음도 한결 가벼워졌다. 배도 고팠다. 천천히 일어나 조심스럽게 발을 내디뎠다. 진통제를 먹어서인지 덜 아픈 듯했다. 절룩거리며 싱크대 앞까지 다가가 전기포트에 물을 붓고 전원을 눌렀다. 컵라면 포장을 뜯자 엄마로부터 문자가 왔다. 늦은 오후에 펜션에 도착할 것이라고 했다. 회사 갈 건데 괜찮으냐는 물음에 나는 좋다는 답을 보냈다.

라면으로 허기를 때우고 나니 바람을 쐬고 싶어졌다. 테라스 벤치에 앉아 바다를 바라보았다. 파도는 다가왔다 부서지고 밀려왔다 물러났다.

해가 서서히 서쪽으로 기울면서 테라스 쪽으로 빛이 길게 들어왔다. 그늘이 필요했다. 나무가 우거진 산책 길이 떠올랐다. 풀어진 리본도. 파스를 바른 다리를 슬쩍 내려다보고는 살살 움직여 보았다.

5분이면 도착할 곳을, 몇 배의 시간이 걸려서야 겨우 가까이 갔다. 눈으로 주변을 훑어보다가 나무에 시선을 고정시켰을 때 나는 화들짝 놀랐다. 누군가 나무를 등지고 서 있었기 때문이다. 어제 그 사람일까. 멀리 있을 때는 몰랐는데 키가 2미터도 훨씬 넘을 것 같았다. 지금까지 살면서 저토록 큰 사람은 처음이었다. 키뿐만이 아니었다. 얼굴, 손, 발 모든 것이 상당했다. 살이 찐 느낌이 아니라 골격이 컸다. 마치 칠레 이스터섬에 있는 사람 얼굴 모양의 거대한 석상 모아이를 제주도에서 마주한 것처럼.

122

"누구세요?"

내가 말을 걸자 그가 내 쪽으로 몸을 돌렸다. 우리는 서로를 바라보았다. 그 순간 나는 중심을 잃고 옆으로 쓰러지고 말았다. 다친 다리가 찌를 듯이 아팠다. 오른쪽 다리를 붙잡고 낑낑거렸다. 그 사람은 당황한 얼굴로 나를 내려다보았다. 당장 일어서고 싶었지만 혼자서는 불가능했다.

"도와, 주세요."

그 사람이 가까이 다가왔다. 옷을 워낙 크게 입고 머리카락 길이도 짧아서인지 성별이 구분되지 않았다. 어느새 내 앞에 다가온 그 사람은 말간 눈으로 나를 내려다보았다. 큰 눈동자에 어린 눈빛이 순수해 보였다. 그 눈빛에 나는 안심했고 내 또래라 짐작했다. 나는 내 앞으로 내민 팔뚝을 잡고 힘을 주며 일어났다.

"어디로 갈 거니?"

목소리가 얇고 가늘었다. 여자아이가 분명했다.

"저기."

통나무 의자를 가리키며 말했다. 그 아이는 의자 쪽으로 나를 이끌어 주었다. 느린 내 걸음 속도에 맞춰 조심스럽게.

의자에 엉덩이를 내려놓자 푸, 안도의 한숨이 흘러나왔다. 앞 머리카락이 축축하게 젖어 있었다. 주머니에서 손수건을 꺼내 땀을 닦았다.

여자아이는 몸을 돌리더니 아무 말도 없이 멀어져 갔다. 그 아이의 등에 대고 무작정 고맙다고 말했다. 그 아이는 잠깐 멈춰서는 듯하다 발걸음을 옮겼다.

나무 위로 시선을 올렸다. 아무리 찾아보아도 나풀거리는 리본이 보이지 않았다. 바닥에 떨어졌나 싶어 나무 주변부터, 눈이 닿는 데까지 살펴보았지만 리본은 없었다. 진한 아쉬움이 가슴에 걸려들었다. 소화가 되지 않은 음식물 때문에 배 속이 더부룩한 것처럼. 펜션 쪽으로 고개를 돌렸다. 저기까지 가야 한다고 생각하니 막막했다. 일어나기 위해 양손으로 통나무를 짚었는데 오른쪽 다리의 통증 때문에 도로 엉덩이를 내려놓을 수밖에 없었다.

"도와줄까?"

멀리서 익숙한 목소리가 들려왔다. 그 아이가, 저만치에 서 있었다.

"간 거 아니었니?"

"돌아왔어."

"왜?"

"네가…… 걱정되어서."

"정말? 고마워. 난 재아야. 넌?"

"나오."

"괜찮으면 잠깐 앉을래?"

나오는 망설이는 듯하더니 다가와 내 옆에 앉았다. 그제야 어렴풋이 알 것 같았다. 저 높은 곳에 리본이 매달려 있는 이

124

유를.

"리본, 네가 매달아 둔 거지?"

나오는 고개를 끄덕였다.

"왜?"

"뭘 좀 확인하고 싶어서."

"뭔데? 말해 줄 수 있니?"

"글쎄……."

망설이는 나오는 파도 같았다. 다가왔다가 멀어지고 다가왔다가 부서지고 마는. 나오는 다시 다가오려는 듯 말문을 열었다.

"펜션에 묵고 있는 손님이니?"

"응."

"다리는 어쩌다 다쳤니?"

나는 하늘색 리본이 넘실대고 있는 나무를 가리켰다. 나오는 눈을 지그시 올려 뜨고는 그곳을 쳐다보았다.

"어제 저기 나뭇가지에 리본이 풀린 채 매달려 있는 걸 봤어. 나무에 오르려다 떨어졌어."

"풀린 리본은 왜?"

"묶어 주고 싶었어."

"왜?"

"……모르겠어."

"그거 내가 묶어 놨어. 바로 저거야."

나오는 팔을 길게 뻗어 가장 높은 곳에 있는 리본을 가리켰다.

"아, 그렇구나."

우리는 서로의 얼굴을 마주 보았다. 이내 어색해져서 동시에 고개를 앞으로 돌려 버렸다. 갑자기 분위기가 서먹해졌다. 나는 무슨 말을 꺼내야 할지 몰라 잠자코 있었다.

"이 시간에 왜 여기 있니? 가족들은?"

"엄마 아빠는 여행지로 갔고 난 다쳐서 남았지."

나오는 고개를 끄덕였다. 멀리서 파도 소리가 들려왔다. 은은한 비누 향이 섞인 바람과 함께. 향기 어린 바람은 어디서 시작된 것일까. 곰곰 생각하다가 슬며시 나오를 보았다. 그러자 나무에 리본을 매단 이유가 궁금해졌다. 엄마 말대로 누군가에게 소식을 전하기 위한 표식인 걸까.

"아까 그랬잖아. 뭘 확인하고 싶어서 리본을 매달아 두었다고. 말해 줄 수 있어?"

나는 궁금함을 참지 못하고 입을 열었다. 나오는 긴장한 듯 입술을 비죽거렸다. 그러더니 고개를 들고 나무를 쳐다보았다.

"내 키가 어디까지 자라나 알고 싶어서."

"넌 지금도 무척 큰걸? 더 자라지 않을 것 같은데."

"아니…… 그건 모르는 일이야."

"뭐야? 키 커지는 병이라도 걸린 거야?"

"맞아."

126

갑자기 뒤통수를 한 대 맞은 듯 정신이 번쩍 들었다.

"농담으로 한 말인데."

"……."

나오는 입을 다물었고 나는 민망함에 어찌할 바를 몰랐다. 세상에 그런 병이 있는 줄은 전혀 생각지 못했다. 멈추지 않고 자라기만 하면 어떤 기분이 들까. 도무지 알 수가 없었다.

"궁금하지?"

"뭐가?"

"내 병?"

"그게, 뭐……."

나오는 피식 웃었다. 그 웃음에 긴장했던 마음이 조금은 풀어졌다. 잠시 뒤, 조용했던 나오가 입을 열었다.

"그러니까…… 뇌하수체에서 성장 호르몬이 계속 나와서 몸이 커지는 거야. 거인병이라고 하지."

"지금보다 더 커질 수도 있어?"

"그건 몰라."

"왜?"

"얼마 전에 수술을 했거든. 부작용이나 합병증은 많지 않아서 다행이고."

"……힘들었겠다."

나오는 입을 다물더니 멀리 시선을 옮겼다. 그곳을 한참 보다가 내 쪽으로 고개를 돌렸다.

"아니라면 거짓말이지. 처음에는 받아들일 수 없었어. 인정하고 싶지 않았지. 내게 왜 이런 일이 생긴 건지. 너무 화가 났어. 많이 울고 엄청 화내고 엄마 아빠에게 상처를 줬어. 그렇게 시간이 지나고 지금은 받아들이려고 노력 중이야."

나는 나오를 좀 더 알고 싶었다.

"그 병에 대해 언제 처음 알았는데?"

"열세 살 때. 그때 키가 180이 넘었어. 중학교에 가서는 선생님의 권유로 농구부에도 들어갔지. 그런데 키뿐만 아니라 모든 게 커지는 거야. 얼굴도 손도 발도. 중학교 1학년 때 키가 190이 넘었어. 뭔가 이상하다 싶어서 병원에 갔다가 검사한 뒤 알게 됐어."

"그때도 제주도에서 살았니?"

"아니. 서울. 어떻게 알았는지 다큐멘터리 프로그램에서 연락이 온 거야. 방송 출연이 가능하냐고. 엄마 아빠는 거절했어. 나도 원치 않았고. 사람들 앞에 내 모습을 드러내고 싶지 않았거든. 우리 가족은 서울 생활을 정리하고 제주도로 내려왔어. 그리고 이렇게 외딴곳에 펜션을 지은 거야."

"그럼, 주인아저씨가 아빠?"

나오는 고개를 끄덕였다.

"손님들이 모두 관광지로 떠난 이 시간에만 밖으로 나와. 사람들 눈에 띄는 게 아직까지도 어색해서. 내가 궁금한 건 내가 자라고 있는가야. 나보다 키가 큰 사람이 없어서 내 키를 재 줄 수 있는 사람이 없으니까. 스스로 확인하는 방법을 찾은 거지. 제발 멈춰라, 자라지 말아라, 그러면서."

"학교는?"

"자퇴했어. 검정고시 준비하다가 흐지부지됐어."

나오의 발을 내려다보았다. 익숙하지 않았다. 저토록 커다란 발도 나오의 마음도. 나오를 이해해 보려 애를 썼지만 너무나 어려웠다. 나는 머리 위에서 흔들리는 리본을 올려다보았다.

"가장 높은 데 많은 리본이 매달려 있다는 건 더 이상 키가 자라지 않는다는 건가?"

나오는 쓸쓸하게 웃으며 고개를 끄덕였다. 다행이었다. 정말 다행이라고 생각했다.

"뭘 하고 싶어?"

"글쎄…… 여러 가지 배워는 봤어. 근처 카페 사장님께 커피 만드는 거, 제과제빵, 가죽공예……."

"키가 크다는 장점을 살릴 수 있는 일은 없을까?"

나는 어떻게든 나오에게 도움이 되고 싶었다.

"근데, 그게 말이야. 난 한곳에 머물러 있거나 자라지 않거나, 보이지 않고 사라지는 것들에 관심이 가더라. 몸은 커지는데 내 마음은 계속 작아지는 것 같았거든. 그래서 그런가, 나랑 닮은 것들이 좋아졌어."

"그게…… 뭔데?"

"비누."

조금 전 바람 속에 섞여 있던 향기가 떠올랐다. 그 바람의 향기는 나오의 것이었을까.

"주인아저씨가 비누를 주셨어. 네가 만든 거니?"

"너희 가족에게도 줬니? 아빠도 참. 아빠는 내가 만든 걸 누군가 사 간다면 내가 보람되고 기쁠 거라 생각하는 것 같아. 사지 않아도 돼."

"그 비누, 우리 엄마 아빠도 좋다 했어."

"정말? 너는?"

나오는 설레는 눈빛으로 물었다.

"나도."

"좀 시시하지?"

나는 입을 다물었다. 생각지 못한 질문이었다. 이럴 때 어떻게 얘기를 해야 하는 걸까.

"……."

"기분이 가라앉을 때마다 언제나 몸을 씻었어. 내 몸이 크다 보니까 비누도 금방 닳는 거야. 금방 작아지는 비누를 보는데 이상하게 슬퍼지더라고. 엄마 아빠에게도 미안하고. 그 순간은 그랬어. 그래서 만들어 쓰고 싶어졌어. 유튜브 동영상을 보고 하나, 둘, 만들다 보니까 예쁜 모양, 색깔을 고민하게 되더라고. 그냥 좋았어. 딱딱한 고체였다가 물과 섞여 액체가 되었다가 향기로 잠시 머물다 사라지는 비누가."

나오는 조금 강해진 바람처럼 이야기를 쏟아 냈다. 나는 그 이야기를 곱씹으며 물에 녹아 생긴 거품을 떠올렸다. 투명하고 반짝이던 얇은 막을.

"고마워."

"뭐가?"

"내게 옆에 앉으라고 해 줘서. 한 번쯤은 이렇게 아무렇지 않게 내 얘길 하고 싶었어. 한 번쯤은."

바람 사이로 나오의 목소리가 들려왔다. 비누 거품처럼 몽글몽글 피어오른 음성이. 손등 냄새를 맡았다. 아직 남아 있는 향기는 이곳에서의 첫날 밤, 불편하기만 했던 나의 마음을 떠올리게 했다.

"이번 여행 오고 싶지 않았어. 내가 지금 한가하게 여행을 다닐 상황이 아닌 것 같았어. 고등학교 3년은 그냥 고3이라고 생각했거든. 여기 와서도 설렘보다 내가 있어야 할 세상에서 분리된 것처럼 불안했어. 서울로 돌아가면 반드시 채워야 할 몫이 있으니까. 근데 여기서 바람에 휘날리는 리본을 봤을 때, 한곳에 매달려서 마냥 흔들리는 게 마음이 아프면서도 좋았어. 엄마가 비누를 가지고 들어왔을 때 상술이라고 핀잔을 주었지만 책을 읽는 내내 손에서 나는 향기가 좋았어. 그래서 다리를 다쳤으면서도 여길 또 오고 싶었나 봐."

"내 바람이 너를 이곳으로 데려온 걸까?"

나오가 웃으며 물었다.

"그런가?"

문득, 이곳을 담고 싶었다. 간직하고 싶었다.

"동영상 찍어도 돼?"

"동영상?"

"나무랑 바람에 날리는 리본 저장하고 싶어."

"그래. 비켜 줄게."

나오는 몸을 뒤로 뺐다. 나는 각도를 잡고 동영상 시작 버튼을 눌렀다. 1초 2초 3초 4초……. 이곳에서의 시간과 나무와 바람과 흔들리는 리본이 저장되고 있었다.

"넌 언제 돌아가?"

"모레 아침."

"……."

"내일 이 시간에 여기서 만날까?"

나오가 고개를 끄덕였다. 잠시 뒤, 엄마로부터 문자가 왔다. 30분 뒤에 도착한다는.

테라스 벤치에 앉아 바다를 바라보며 엄마 아빠를 기다렸다. 바다와 하늘의 무색한 경계를 바라보며 나오를 만난 것이 거짓말 같다고 생각했다. 그런데도 나오와 나누었던 이야기는 생생했다. 나는 그 살아 있음을 떠올렸다.

내가 기억하고픈 이야기는 성장이 멈추지 않는 특별한 삶을 살고 있는 나오가 아니다. 언젠가 나도 느껴 보았을지도 모를 나오의 감정이었다. 몸은 계속 커지는데 마음은 작아지고 있다는 그 말을, 그 말에 담겨 있는 감정의 결을 간직하고 싶었다. 풀려 있던 리본이 알 수 없는 곳으로, 예측할 수 없는 곳으로 날아가 버릴까 봐 불안했다. 나오와 나는 어느 순간, 같은 바람에 닿았는지도 몰랐다. 모든 것이 멈춰 있는 공간에서 모든 것을 움직이게 하는 것은 바람. 살아 있다는 존재감을 느끼게 하는 바람. 그 바람의 움직임을 보고 싶고 확인하고 싶은 나오의 마음이 내 마음속까지 불어오는 듯했다.

주차장으로 익숙한 차 한 대가 들어섰다. 양쪽 문이 열리며 엄마 아빠가 차에서 내렸다. 날 발견하고는 달려와서 내 다리부터 살폈다. 엄마는 아침보다 더 부었다고 말하며 자책하기 시작했다. 아빠는 어제 즉시 비행기표를 알아보지 않은 것을 후회하더니 휴대폰을 들고 서울 가는 비행기 표를 찾아 나섰다. 내일 오전 8시에 좌석이 있다고 말하며 예약을 했다. 모든 일이 순식간에 일어났다.

엄마는 회를 먹던 젓가락을 내려놓고 혼자 무엇을 했느냐고 물었다. 책을 읽으며 바다를 보았다고 했다. 나오를 만난 이야기는 하지 않았다. 나는 비누 이야기를 꺼냈다. 그 향기를 오랫동안 맡을 수 있게 충분히 사 가자고.

"안 그래도 아빠랑 비누 얘기했어."

저녁 식사가 끝나고 엄마 아빠는 벤치에 앉아 맥주를 마셨다. 첫날, 둘째 날, 그 모습 그대로. 나는 소파에 누워 엄마 아빠의 단단한 뒷모습을 바라보았다. 마치 정지된 시간 속에 놓여 있는 듯 움직이지 않았다. 어쩌면 그 시간으로 일부러 찾아들어 간 것은 아닐까. 아빠 얼굴은 보이지 않았지만 파도를 바라보는 눈빛은 내가 하늘색 리본을 보았을 때, 그 눈길과 닮아 있지 않을까.

아빠는 휴대폰을 들고 어딘가로 전화를 걸었다. 잠시 뒤 주인아저씨가 나타났다. 아빠는 아저씨에게 내일 아침 돌아가야 한다고 말하겠지. 비누 이야기도. 나는 아저씨의 얼굴을 보았다. 나오의 미소는 아빠를 닮은 듯했다. 나오의 얼굴이 아른거렸다. 마음이 편치 않았다. 멀리 수평선에 닿아 있는 오징어 배의 빛을 보며 생각했다. 잠시 뒤 복잡한 마음의 갈피를 잡을 수 있었다. 지킬 수 없는 나오와의 약속 때문이었다. 나는 손수건을 떠올렸다.

나무 아래 도착했을 때, 온몸이 땀으로 젖어 있었다. 주머니에서 손수건을 꺼낸 뒤 양팔을 힘껏 뻗어 올렸다. 내 키가 닿는 높이에 손수건을 매 두었다. 풀어지지 않게 단단히. 한 발물러서서 나무를 쳐다보았다. 하늘색 리본이 각자 다른 결로 날리고 있었다. 그 안의 손수건이 눈에 띄었다. 내일이 되면 내 마음 한 조각이 이곳에 머물러 있다는 것을 나오는 알 수 있겠지. 잠시 숨을 고르는 동안 나오의 바람이 땀을 씻어 주었다.

다음 날 아침, 우리는 체크아웃을 했다. 짐들을 차 트렁크에 싣고 차에 올라탔다.

"하루 먼저 가게 돼서 어떻게 해요?"

나의 조심스러운 말에 엄마는 괜찮다고 말했다. 아빠는 이 정도면 이미, 충분하다며 미소를 지었다. 차가 출발하면서 창밖으로 고개를 돌렸다. 나오를 만났던 산책 길을 바라보았다. 그곳은 점점 멀어져 갔지만 내 마음은 오랫동안 그곳에 머물러 있었다.

나는 그때의 동영상을 불러들였다. 바람 소리와 흔들리는 리본, 늦은 오후의 풍경이 고스란히 담겨 있었다. 이 안 어딘가에 나오가 있다. 마지막으로 트렁크 안에 있는 비누를 떠올렸다. 나오의 향기가 단단하게 뭉쳐 있는 고체 덩어리를.

작가의 말

이 책에 실린 단편들에는 글을 쓰던 당시 나의 감정이
고스란히 담겨 있다.
돌이켜 보면 그때는 내가 느끼는 감정에 깊이 몰두해
어떻게 해서든 그것들에 대해 이야기하고 싶은 마음이 컸던 것 같다.
누군가, 이 글을 읽다가 자신의 감정과 맞닿은 곳을 만나 멈칫한다면,
읽기를 멈추고 마음의 길로 찾아들어 가 그 속에 잠길 수 있다면,
내게는 참으로 감사한 일일 것이다.

자신감을 북돋아 주고 기다려 준 김태희 편집장님,
『달의 방』을 살뜰히 보듬어 주었던 이효진 편집자님과
사계절출판사에 감사드린다.

마지막으로 「붉은 조끼」에서 언급된 남주가 보았던 드라마는
2020년도 봄에 방영된 '화양연화'임을 밝힌다.

최양선

달의 방

2021년 3월 10일 1판 1쇄

지은이 최양선

편집 김태희, 장슬기, 이은, 김아름, 이효진
디자인 김민해
제작 박흥기
마케팅 이병규, 양현범, 이장열
홍보 조민희, 강효원

인쇄 천일문화사
제책 정문바인텍

펴낸이 강맑실
펴낸곳 (주)사계절출판사
등록 제406-2003-034호
주소 (우)10881 경기도 파주시 회동길 252
전화 031) 955-8588, 8558
전송 마케팅부 031) 955-8595 편집부 031) 955-8596
홈페이지 www.sakyejul.net | 전자우편 literature@sakyejul.com | 블로그 skjmail.blog.me
페이스북 facebook.com/sakyejul | 인스타그램 instagram.com/sakyejul

ⓒ 최양선 2021

ISBN 979-11-6094-716-8 44810
ISBN 978-89-5828-473-4 (세트)